— 書き下ろし長編官能小説 —

# ときめきの一人キャンプ

八神淳一



竹書房ラブロマン文庫

目次

この作品は、竹書房ラブロマン文庫のために
書き下ろされたものです。

# 第一章　魅惑のショートパンツ美女

## 1

都内から車で約二時間。

山梨県のNキャンプ場に、高島祐輔《たかしまゆうすけ》は来ていた。車から降りて、管理人室でチェックインし、サイトの奥へと向かう。

初夏。今日の都内は暑かったが、この辺りは風が気持ちいい。Nキャンプ場はわりと有名で、平日だったが、けっこう駐車場に車が駐《と》まっていた。

祐輔は一人で来ていた。ソロキャンプだ。大学生の頃にキャンプにハマり、その頃は仲間とわいわいするのが好きだったが、あることをきっかけに、ソロでキャンプをするようになっていた。

十年前からやっていたが、ここ数年、ソロキャンプが流行《はや》りとなり、一人でテントを張っていても、奇異な目で見られることはなくなっている。

まあ、ソロキャンプは人がいないところで、テントを張るから、人の目はそもそもなかったが……。

テントを張る場所を見つけるために、どんどん奥へと進んでいく。すると、清流の音が聞こえてきた。

小さな滝がある。高さは五メートルくらいか。

「ここ、いいじゃないか」

小さな滝を眺める場所に立つ。まわりを見回すと、切り株があった。あそこにランタンを置こう。

日が高いうちは、小さな滝の流れを見つめ、日が暮れたら、ランタンに浮かぶ切り株を見つめる。

最高じゃないか。

木々に囲まれた空間。清流がそばを流れている。

なにより、視界に人の姿がない。ソロキャンプではこれが特に大事だ。カップルでも視界に入ったら、最悪である。

リュックを置き、清流へと向かう。しゃがみ、手で掬《すく》う。水が冷たい。とにかく透明だ。そもそも水は透明なのだ。それが下流に向かうにつれて、汚れていく。

掬った水を飲む。旨い。

とりあえずテントを張るか。リュックからテントを出し、広げる。テントにポールを差していく。ペグを地面に打ち込み、広げたテントを固定させる。

これで出来上がりだ。テントを張ると、ひと仕事終えた気になる。

清流でちょっと水遊びをやるか。ソロキャンプのいいところは、自分勝手に動いていいということだ。仲間の意見を聞く必要がない。

水遊びをしたいと思ったら、即、水遊びをやることが出来る。えっ、三十過ぎて水遊びかよ、とちゃかす者がいない。逆に、いっしょにはしゃいでくれる女性もいないが……。

祐輔はジーンズから短パンに着替え、サンダル履《ば》きで清流に向かう。

サンダル履きのまま、清流に足を入れていく。ひんやりとした感触が気持ちいい。

「ああ、いいな」

とひとり、森林浴に浸《ひた》っていると、上流から、

「ひゃあっ、冷たいっ」

と女性の声が聞こえた。

カップルかよ、と祐輔は舌打ちしたが、女性の声しか聞こえてこない。しかも、一人だ。女性だけのキャンプは珍しく、たいてい男がいっしょだ。でも、ずっと耳を澄ませていても、不快な男の声は聞こえてこない。

「あっ、うそっ。だめよっ」

と上流から女性の声がした。待つほどなく、小さな滝の上から、サンダルが流れ落ちてくる。女性用のサンダルだった。

清流の真ん中に立っていた祐輔はそれを拾った。そして滝の上へと顔をあげると、いきなり、白い足が目に飛び込んできた。

生足《なまあし》だ。すらりとしたとても美しい生足だった。

さらに見上げると、ショートパンツが見えた。さらにその上には、お腹が見える。へそも見え、そしてTシャツが見え、胸元の隆起が見えた。

「あっ、すいませーんっ」

と滝の上の川沿いにいる女性が、祐輔に声を掛けてきた。

顔を見てはっとなった。美人だったからだ。二十代半ばくらいか。胸元にストレートの髪がかかっている。

「あの、そのサンダル、私のですっ」

祐輔はうなずき、小さな滝に近寄っていく。

女性は小さな滝の上に立ったままだ。生足が迫ってくる。

滝の下に立つと、見上げる形となり、ショートパンツの裾から中がのぞいた。

太腿の付け根近くに、白いものがのぞく。うおっ、パンティかっ。

「すいませんっ。投げてくださいますかっ」

と上から女性の声がする。パンティから目を離し、いきますよっ、とサンダルをひとつ投げあげた。

女性が手を伸ばすが、キャッチ出来ず、またこちらに落ちてくる。

「ごめんなさいっ」

と上から声がする。ちらりとのぞくパンティにばかり目が向いていたが、Ｔシャツの短い裾からのぞく平らなお腹もそそる。そしてなにより胸の高さが、下からだとはっきりわかった。

かなりの巨乳だ、と思いつつ、もう一度サンダルを投げる。すると今度はキャッチした。

「やったー」

と女性がはしゃぐ。その様子を見て、祐輔の胸も高鳴った。えっ。なんかいい感じじゃないか。キャンプ場で女の子とはしゃぐなんて、十年ぶりか。

もうひとつも投げ上げ、女性がキャッチした。

「ありがとうございますっ」

と礼を言って、去ろうとする。

「あのっ……」

思わず、ソロなの？　と聞きそうになったが、やめた。

「なんですか」

「いや……」

じゃあ、と言って、祐輔は美脚の美女に背を向けた。


それから薪拾《まきひろ》いをする。けっこういい薪が方々に落ちていて、焚《た》き火には困らなさそうだ。

薪を用意できたら、テントの前で火付けだ。まずは、薪をナイフで薄く切っていく。いくつか切ったら着火剤で火を点《つ》ける。火吹き棒で、酸素を集中的に送りこむ。

すると、ぼうっと炎が上がって種火になる。そこに細いものから薪を重ねていき、じょじょに火を大きくして安定させた。

やはりキャンプは焚き火だ。燃え上がる炎を見ると、落ち着いて心が安らぐ。

コーヒーを飲むか、と水を汲《く》みに行く。浄水器《じょうすいき》がついたボトルに川の水を入れ、それを小さな鍋に入れて、焚き火で湧かす。

それをドリッパーに注《そそ》ぐと、いい薫《かお》りが立ちのぼった。

小さな滝の流れと焚き火の炎を見つめつつ、祐輔はコーヒーを味わう。

いい気分だ。が、落ち着くと頭にすぐに浮かんでくるのは、さっき目にした生足だ。

いい足だった。なにより美人だった。はっきり言ってタイプだ。切れ長の目が美しかったし、胸元にかかるロングヘアーもいい。

しかも巨乳ときている。言うことない。

どう考えても男と来ているはずだったが、男の影はなかった。ソロだろうか。いや、ちょっと考えづらい。

どんどん日が暮れていく。祐輔は使い慣れたランタンに火を入れる。そして、切り株の根元に置いた。

ランタンの明かりは美しくも、どこか官能的だ。エロい、と言ってもいいだろう。

暖かな色の炎を見ていると、十年前を思い出す。

大学生の頃だ。あの頃は、榊原《さかきばら》という大学の友人とふたりでよくキャンプに行っていた。そしてたまに、同じ大学の奈津美《なつみ》とさやかという女性を交えて、四人でキャンプすることもあった。

やはり、野郎二人だけよりも、女性がいた方が華《はな》やぎ、そして楽しかった。その頃、榊原は奈津美と付き合っていて、さやかは奈津美の友達だった。そして、祐輔はさやかが好きだった。

あれは、今と同じ初夏のころ。四人は隣の県の山へキャンプに行った。榊原と奈津美はラブラブで、それに影響された祐輔は、キャンプの途中でさやかに告白した。さやかは恥ずかしそうにしていたが、自分も好きだ、とうなずいてくれた。

その時は祐輔も照れるあまり、それ以上は何もできないままだったが、事件はその夜に起きた。

深夜、女性の声を聞いた気がして祐輔は目を覚ました。

隣を見ると、そこに眠っているはずの榊原の姿がない。

四人でキャンプする時は、いつもテントをふたつ張り、男ふたりと女ふたり、別々に寝ているので、どこかに行くはずがない。小便だろうか。不思議に思っていると、

「ああっ、ああっ……」

はっきりとテントの外からよがり声が聞こえてきた。

もしかして、榊原が女性のテントの中で奈津美とやっているのか。でもそうなると、さやかはどうしているのだろう。

祐輔は寝袋から起き上がって、テントをそっと開いた。

女性陣のテントは焚き火を挟んで向かいに張ってあった。焚き火は消えていたが、ランタンの火は点いている。

「いい、いいっ、幸太郎《こうたろう》くん、いいよっ」

向かいのテントから聞こえてくるよがり声は、奈津美の声だった。あんな股間にびんびんくる泣き声をあげるのか、と驚く。

ランタンの炎も、いつも以上にエロティックに見える。

でも、さやかはどこだ。テントがあの様子では、追い出されているのか。もしそうなら、こっちのテントに入ってくればいいじゃないか。

そうなれば、さやかとエッチ出来るかも、と祐輔は奈津美のよがり声を聞きつつ、身体を熱くさせる。

テントを出ると、さやかの姿を探した。近くにいると思ったのだ。が、さやかの姿はない。

そうするうちに、隣のテントで奈津美のよがり声がひときわ高くなり、途切れた。

それに続いて、

「あうっ、ああっ……大きいっ」

と、テントから別な女性の声が聞こえてきた。

奈津美とは違う。じゃあ、誰の声だ。

「あうっ、ああっ、入ってくるっ、ああ、幸太郎の、おち×ぽ、さやかの中に入ってくるのっ」

祐輔は自分の耳を疑った。さっきまで、榊原のち×ぽは奈津美の中に入っていたのではないのか。それが今、あろうことか、さやかの中に入っている。

えっ、どういうことだ。わかっていても、混乱している。わかりたくない、という意識が働いていた。

「ああ、きついな、さやか」

と榊原の声がする。

「やあん、私とどっちがきついの、幸太郎っ」

と奈津美が甘えた声を出す。

なんてことだ。向かいのテントで、三人でやっている。まさに祐輔は蚊帳《かや》の外だ。

さやかは、女扱いのうまい榊原に誘惑されて、やってもいいと思ったのか。俺を好きだと言っていたのに。しょせん、そこまで好きではなかったのか……。

「私に入れてっ」

と奈津美の声がして、続いて奈津美の甲高《かんだか》い喘ぎ声が響きだす。

気がつくと、祐輔は自分のテントに戻っていた。寝袋に入り、耳を塞《ふさ》ぐが、女たちのよがり声はいつまでも聞こえるようだった。

それから、祐輔はソロキャンプひと筋になったのだ。

## 2

完全に日が暮れた。焚き火の炎がより美しく映える。

夜飯の用意をはじめる。まずは、ご飯だ。無洗米を飯盒《はんごう》に入れて、そして、浄水した水を注ぐ。しばらくおいて焚き火の上に置いた。

今夜は焼き肉だ。塩胡椒で肉を焼くだけのシンプルなものだが、キャンプでは充分にご馳走だ。ここがまた、ソロキャンプのいいところだ。晩飯をなににするか、仲間の意見を聞かなくていい。

その日、食べたいものを調達するだけだ。そして、気ままに一人で焼いて、食べる。

飯盒から水が吹きこぼれてきた。もう少しだな、と思った時、上流から、

「きゃあっー！」

と女性の悲鳴が聞こえた。

「いやっ！」

とさらに甲高い声が聞こえる。

祐輔は立ち上がり、懐中電灯を手に、上流に向かって走っていた。あの美人もソロキャンプなら、男にからまれている可能性もある。

いずれにしろ、不測の事態だ。助けないとっ。

悲鳴はあのふたつで終わっていた。静かだ。その静かさが怖い。なにがあったんだっ。

滝のそばの上り坂を駆け上がっていくと、炎が見えた。そして、その前にテントがあり、女性が座っていた。

「大丈夫ですかっ」

と声を掛けつつ、駆け寄っていく。

女性はなにも答えない。どうしたんだ。誰もまわりにはいない。女性だけだ。テントに近寄り、焚き火を見て、なるほど、と思った。

「鍋、落としちゃって……」

焚き火の横に、見事に、野菜と肉が散乱していた。こういう時、祐輔なら即拾って、洗ってもう一度煮なおしてしまうのだが、無理な人は無理だろう。まあ、普通は無理か。

「いっしょに食べませんか」

「えっ」

と美人の女性がこちらを見上げた。大きな瞳に涙がにじんでいた。せっかく楽しく用意した夕食が台無しになって、泣きそうになっていたのだろう。その気持ちはわかる。キャンプ場では取り返しがつかないからだ。

「ちょうどこれから、晩飯なんですよ。焼き肉です。お好きですか」

「……はい、もちろんです」

美人の瞳が輝いた。

「でも、いいんですか。お一人ぶんのお肉なんでしょう」

どうしてこちらもソロキャンプだとわかるんだ。ソロキャンプをやりそうな雰囲気を醸《かも》し出しているのだろうか。

「大丈夫ですよ。このままじゃ、つまらない夜を過ごすだけでしょう」

「そうですね。ありがとうございます。じゃあ、お言葉に甘えて」

美人は焚き火を消した。途端《とたん》に辺りが暗くなり、懐中電灯の光だけとなる。ちょうど、美人の胸元に当たっていて、Tシャツの高い隆起が浮かび上がった。

祐輔はどきりとする。暗くなっただけで、なにか、ぞくぞく、わくわくするものを感じた。この美女となにかあるわけでもないが、なんとなく期待してしまう。

「じゃあ、行きましょう」

はい、と美女が立ち上がる。昼間と同じ、裾が短めのTシャツにショートパンツ姿だ。夜目に、白い太腿《ふともも》が浮かび上がる。

祐輔が先に立ち、歩きはじめる。後を美女がついてくる。

なにか話さないといけない、と思ったが、なにも思いつかない。話し掛けないと、とあせればあせるほど、なにも言葉が出てこない。

まあ、ここで気の利《き》いた話でも出来る男なら、ソロキャンプはしないだろうが。祐輔は人付き合いが苦手だ。でも今、美人をご飯に誘っている。我ながら驚きだ。それは相手が美人だからではなく、同じソロキャンパーだからだ。

恐らく、なにか通じるものがあるんじゃないか、と思ったからだ。

美人の方からも話しかけてこない。お互い黙ったまま、祐輔のテントに向かった。

焚き火が目に入る。飯盒を焚き火に掛けたままだった。やばいっと思い、あわてて飯盒を下ろす。焦げた匂いはしていないので、ギリギリ無事だったようだ。

「良かった」

と安堵《あんど》する。おそらく、ちょうど炊《た》き上がったところだろう。あとは少し蒸《む》らすだけだ。

「そこに座ってください」

と焚き火の前に座った祐輔は隣を指差す。失礼します、と美人は言われるまま、隣で体育座りとなった。すると、生足がいやでも、祐輔の視界に入ってくる。

白い肌が、焚き火の炎を受けて、赤く染まっている。

「十分くらい、ご飯、蒸らしますね」

「はい……あの私、谷村《たにむら》、美波《みなみ》といいます」

と美人の方から名前を名乗った。

「ＯＬです」

「そうですか。僕はあの、高島祐輔といいます。会社員です」

そう言うと、美波がうふふと笑った。

「なんか、変ですよね。でも、自己紹介はしておかないと、なんて呼んだらいいのかわからないし……」

「そうですね」

「あっ、ランタン……。これってオイルですよね」

と切り株に置かれたランタンを見て、美波が声を弾《はず》ませた。

「そうです」

「やっぱり、ランタンはオイルですよね。なんか……ちょっとエロティックな感じがして、好きです」

美女の口から、いきなりエロティックという言葉が出て、祐輔はどきりとする。

「そうなんです。なんかエロいですよね」

「エロいじゃなくて、エロティックですよ」

とこちらを見て、美波が訂正する。どう違うのかよくわからないが、頷《うなず》いておいた。

「そうですね」

「この切り株と合いますよね」

「そうでしょうっ」

わかってくれる女性と出会い、祐輔は興奮する。ショートパンツからパンティが見えた時以上に昂《たか》ぶっていた。

「ふふ、ランタンの炎を見ていると、エロティックなのに、落ち着きますよね。これって、なんなんでしょうね」

「不思議ですね」

祐輔は美波に惚れてしまっていた。ランタン惚れというやつだ。

「そばで見ていいですか」

と言うと、美波が立ち上がり、切り株へと近寄る。そして前屈みになり、ランタンの炎をそばで見つめる。

それは、祐輔に向かって、ショートパンツに包まれたヒップを突き出すことを意味していた。

ぐっと突き出されたショートパンツはかなり切り詰められていて、突き出すと、尻たぼがのぞいていた。

ぷりっとした尻たぼを見ていると、つい手を出したくなる。もちろん、出さない。

「ああ、いいですね。素敵です」

ランタンを褒められているのだが、祐輔が素敵と言われているような錯覚を感じる。

それから、ご飯を蒸す間、ふたり並んでランタンの炎を見つめ続けた。

その間、なにも話さなかったが、これは祐輔にとっては最高の時間といえた。まさか女性とこんな時間を過ごせるとは、思ってもみなかった。

やはり、相手もソロキャンパーだからだろうか。

「肉焼きますね」

そう言うと、祐輔は鉄板を焚き火の上に置き、油を引く。そして、用意してきた牛肉を乗せた。豚にしようかと思っていたが、牛にしておいて良かった。

ジューといい音と香りが立ちのぼる。それをふたりで見つめた。

美波は手伝おうとは言わなかった。変に手伝って、こちらのご飯も台無しにしてはいけない、と思っているのか、それとも、ソロキャンパーに余計な手出しをしてはいけない、と思っているのか。

「じゃあ、食べましょうか」

ここではたと気づいた。ご飯をよそう飯盒の内蓋がひとつしかない。箸《はし》も一膳だけだ。

「箸が一膳しか……」

「私、作ります。ナイフ貸してください」

と美波が言う。

祐輔がナイフを渡すと、美波はそばに落ちていた木の枝を一本に手にした。体育座りから生足を斜めに流す形に座りなおし、ナイフで削りはじめる。

祐輔は美波の手元を見る。手元の先には、太腿がある。焚き火の炎を受けて、妖しく絖光《ぬめひか》っている。

太腿を見てはいけない、と思っても、どうしても見てしまう。

美波は手際《てぎわ》がよかった。瞬く間に枝を削り、荒削りだが即席の箸を一膳作りあげた。

「上手《うま》いですね」

「ありがとうございます……」

美波はちょっとはにかんだ笑顔を見せる。

「キャンプはいつから、やっているんですか」

「大学生からです」

「そうですか。僕も大学生からはじめたんです」

そこで会話が途切れる。が、それで息が詰まるということはなかった。ソロキャンパー同士、余計なことはしゃべらないのだ。

「私、飯盒から食べますから、高島さんは内蓋を使ってください」

と美波が言った。じゃあ、そうさせてもらいます、と祐輔は言い、焼き上がった肉を内蓋に盛ったご飯に乗せて、食べる。

旨かった。塩胡椒だけの味付けだったが、キャンプの焼き肉は一段と旨く感じる。

「頂きます」

と言って、美波も自作の箸で焼いた肉を取る。そして、口へと運んでいく。思わず、祐輔は見てしまう。

美波が肉を口へと入れる。そして、食べる。

「どうですか」

「美味《おい》しいです」

と笑顔を見せて、飯盒からご飯を食べる。そしてまた、焼き肉に箸を向ける。

祐輔はあらたな肉を鉄板に置く。ジューと一段と大きな音がする。

「いつも一人で食べてますけど、なんか、二人もいいですね」

焼ける肉を見ながら、美波がぼそっとそう言う。

祐輔も同じ気持ちだった。

お互い、あっという間に平らげた。一人分しか用意してなかったから、ちょっと物足りない。すると、

「あっ、デザートありますっ」

　と美波が叫んだ。

「デザート買ってあるんです。マンゴープリン、お好きですか」

　と美波が祐輔をじっと見つめつつ、聞いてくる。好きです、と答えると、良かった、とてもうれしそうな笑顔になる。

「あの、持ってきます」

　と言って、美波が立ち上がる。ショートパンツから伸びたすらりとした生足を見上げる形となる。

「僕も行きます」

「じゃあ、いっしょに」

　と美波が言う。祐輔が懐中電灯を持ち、また上流へと上がった。

「ひとつだけですけど……」

「デザート楽しみです」

　並んで美波のテントに戻る。美波がテントから、マンゴープリンのカップとスプーンを手に出てくる。当たり前だが、スプーンはひとつだ。ということは、あのスプーンで、ひとつのマンゴープリンをふたりで食べるのだ。

これって、カップルがやることじゃないのかっ。

たったそれだけのことで、祐輔の血が騒ぐ。祐輔は童貞だった。キスも経験がない、真性童貞だ。

童貞が長くなると、カップルがやるたわいのないことにすごく憧れを持つようになる。エッチもしたいが、それよりも、その前のイチャイチャがしたい。

ひとつのスプーンでひとつのプリンを食べる。最高じゃないか。しかも相手はショートパン美人だ。

## 3

祐輔のテントに戻った。美波が蓋を開ける。そして、どうぞ、とプリンとスプーンを差し出す。

「交代で食べましょう」

「いいんですか」

はい、と美波はうなずく。同じスプーンを使うことに別にためらいはないようだ。

先にどうぞ、と言うが、ご馳走になったから、と美波が先に食べるように言う。じゃあ、と祐輔はひと掬いすると、口に運んだ。

「ああ、美味しいです」

「ここのマンゴープリン、好きなんです」

と言って、美波がスプーンを受け取る。俺が口に入れたスプーンだ、と思わず、美波の口元を見てしまう。

美波がプリンを掬い取り、そして唇へと運ぶ。つるんとプリンが入っていく。しかも、スプーンを舐《な》めたのだ。

俺が口に入れたスプーンを舐めたっ。どうぞ、とスプーンを渡される。これはっ、美波が今、舐めたばかりのスプーンじゃないかっ。出来れば、プリンを掬《すく》わず、このまま口に運び、スプーンを舐めたいっ。

もちろんそれは出来ない。そんなことをしたら、即、終わりだ。

泣く泣くプリンを掬い取り、口に運ぶ。そしてプリンを食べると、ぺろりとスプーンを舐めた。美波が舐めたスプーンだと思うと、それだけで、股間が疼《うず》いた。

デザートを食べ終えても、美波は自分のテントに帰ろうとしなかった。すぐに戻ると思っていた祐輔は意外に思うと同時に、うれしかった。

少なくとも、俺といて、居心地は悪くないのだ。そもそもソロキャンパーだから、人付き合いは苦手なはずだ。だから、用が済めば、すぐにテントに戻ってもおかしくはない。

そんな美波がまだ隣に座っているのだ。それだけでも、うれしい。

ふたりでランタンの炎を見つめる。時がゆっくりと流れていく。しかも隣からはかすかに甘い薫りがしてくる。

「わたし、大学生の頃は友達といっしょにキャンプしていたんです」

と美波がぼそりとそう言った。

「僕もです」

と答えると、美波がこちらを見る。

「そうなんですか。最初からソロキャンパーだと思っていました」

「いや……」

と祐輔はかぶりを振る。美波は話を続けた。

「あるとき、男女四人でキャンプしたことがあったんです。お互い、彼氏と彼女の関係でした。でも、私の彼氏が……彼氏だと思っていた男が、いっしょに来たカップルの女とキャンプ中に出来てしまったんです」

「えっ……」

「男同士が友達で、お互いに彼女連れでキャンプをしたんです。私は向こうの女とは初対面だったんですけど、私の彼はその女を前から知っていたんです。キャンプ中に、彼氏の友達カップルが喧嘩してしまって、その仲裁をしながら、彼氏は向こうの女と寝たんです」

「そうなんだ……」

「あまりのショックで、しばらく人間不信になりました」

「……」

「しばらくじゃなくて、今でも人間不信なのかもしれません。キャンプ自体は好きだったので、ソロキャンプを今も続けているんですけれど……一人でいるのは気楽ですけど、ちょっとの失敗が大きく響いてしまうので難しいですね」

「なるほど……」

祐輔の場合と微妙《びみょう》に似ている。が、ぜんぜん違うとも言えた。

「僕もね……」

と祐輔も、ソロキャンパーになった自分の経験を話し出した。はじめて、他人にあの夜の経験を話していた。

美波はランタンの炎を見つめつつ、静かに、祐輔の話を聞いてくれた。

不思議なもので、誰かに話すとずいぶん楽になった。どうして、十年もこだわってきたのか、おかしな気さえする。

「ありがとう、高島さん」

と美波がお礼を言った。

「えっ、なに……」

「高島さんに話したら、なんかすっきりしました」

「僕も同じだよ。ずいぶんすっきりした」

良かった、と美波がこちらを見て笑顔を向けた。

祐輔はキスしたい、と思った。無性に思った。

美波の美貌はすぐそばにある。唇もそばにある。あごを摘《つ》まみ、そっと顔を寄せれば、唇を奪えそうだ。

でも出来ない。やったことがないからだ。一度でもやったことがあれば、スムーズに唇を奪えそうな気がする。榊原なら、もうキスしているだろう。風のように唇を奪い、今頃、おっぱいを揉《も》んでいるだろう。

おっぱいっ。美波は細身《ほそみ》だったが、かなりの巨乳だった。Tシャツの胸元が高く張っている。

摑《つか》みたい。美波のおっぱいを揉みたい。ああ、キスしたいっ。エッチしたいっ。

祐輔は童貞だったが、美波は処女ではないはずだ。だって、大学生の時、彼氏とキャンプしていたのだから。同じテントで寝て、なにもないことはないだろう。

「ランタン、ほんとうに綺麗《きれい》」

美波の瞳が、またランタンの炎に向いた。祐輔はちらちらと美波の横顔を見つめる。

それだけだった。なにもせずに、夜は更けていった。

## 4

翌朝。祐輔が焚き火を起こし、パンを焼いていると、

「おはようございますっ」

と美波が滝の上のテントから下りてきた。今日もショートパンツで、上はタンクトップだ。剝《む》き出しの二の腕の白さが朝から眩《まぶ》しい。

「朝食中ですか」

「は、はい……谷村さんはもう食べたんですか」

「朝は、バナナ一本だけです」

と言って笑う。白い歯がこれまた眩しい。

焚き火のそばで見る美波も良かったが、朝の日差しの中の美波も良かった。

「パン、食べたら、水遊びしませんか」

と美波が誘ってくる。

「水、遊び、ですか……」

「いい大人がなにを言っているんだろうって、今、思いましたよね」

「いや、そんなこと……」

思っていた。

「思ったでしょう」

美波が大きな瞳で見つめてくる。

「いや、思っていません」

祐輔は激しくかぶりを振る。

「じゃあ、はやく食べて。遊びましょう」

祐輔は焼いたパンを口に放り込み、持参しておいたミルクで流し込んだ。すると、美波が清流へと足を向ける。祐輔はすらりと伸びた生足に誘われるようにして、ついていく。

美波はサンダルのまま、清流に入っていった。

「ああ、気持ちいい」

さあ、いっしょに、と美波が手招く。タンクトップの胸元が大きく動く。

祐輔もサンダルのまま、清流に入る。今朝は日が昇ると同時に暑くなり、ひんやりとした感覚が気持ち良かった。

美波が小さな滝へと向かっていく。それにつれて流れが深くなり、膝上まで水に浸《つ》かった。

祐輔も追うと、美波が振り向き、水を掛けてくる。

祐輔も掛けかえす。はじめは遠慮がちに太腿辺りを狙っていたが、美波のはしゃぐ姿に煽《あお》られ、胸元を狙う。

するとタンクトップの胸元にばしゃっと水がかかった。白の生地が濡れて、ブラのピンクが透けて見える。

祐輔はドキリとしつつも、さらに胸元に掛けていく。すると、タンクトップがぴたっと貼り付き、ブラがもろに透けて見えた。

「あん、恥ずかしいっ」

と言いつつ、美波が下がった。あわてて下がったせいか、足をもつれさせ、グラマラスな身体が小さな滝の方へとよろける。

「あっ、美波さんっ」

思わず、名前で呼んでいた。

美波は倒れはしなかったものの、もろに滝の水を頭から被《かぶ》ってしまう。

祐輔はあわてて駆け寄ろうとしたが、自分まであわて過ぎて足をもつれさせ、美波の方につんのめってしまった。

「あっ」

滝の水を被りつつ、美波が祐輔を抱き止めた。祐輔にも頭から滝の飛沫《しぶき》がかかる。

美波の美貌がそばにある。小さな滝の下で二人は、しばらく間近でお互いを見つめ合った。

滝に濡れた美波は震えがくるほど美しい。濡れた髪がべったりと頬《ほお》に貼り付き、唇はずっと半開きだった。

祐輔は反射的に、キスしていた。キスというより、口を相手の唇に押しつけていた。

美波が驚いたような顔をした。でも、逃げなかった。しっかりと閉じてはいるものの、そのまま唇を預けている。

美波の唇はやわらかかった。ただ重ねているだけだったが、全身の血が沸騰《ふっとう》していた。

舌だっ。舌をからめたいっ。

と、祐輔は美波の唇を舌先で突いた。すると、美波が唇を開いた。そこに舌を入れていく。美波が舌をからめてきた。

甘いっ。なんて甘いんだっ。舌がとろけていく。全身の血がカァッと燃えていく。

祐輔は興奮していた。アドレナリンが爆発していた。その勢いのまま美波の腰を抱き寄せ、タンクトップがべったりと貼り付く胸元を掴んでいた。ぐっと揉んでいく。

すると、美波が押してきた。

不意をつかれた祐輔はあっとよろめく。そこをさらに美波が強く押してきた。

祐輔はなすすべもなくバランスを崩し、ざぶんっ、と清流に腰まで浸かってしまう。

バストを揉んだのは性急だったか、と悔やんだが、そうでもない気がした。

美波が滝の水を浴びつつ、タンクトップを脱ぎはじめたからだ。平らなお腹があらわれる。ウエストのくびれが芸術的《げいじゅつてき》だ。

さらに交叉《こうさ》させた腕を上げていく。ピンクのブラがあらわれた、と思った次の瞬間には、丸められたタンクトップは鎖骨《さこつ》まで上がっていた。

美波はハーフカップのブラをつけていた。当然、ブラもぐしょぐしょに濡れている。

美波の両腕がさらに上がり、腋《わき》のくぼみがあらわれる。そこにも清流が掛かって、手入れの行き届いた腋のくぼみを濡らす。

とうとうタンクトップを脱ぎ去ると、川岸に向かって投げる。そして、次はショートパンツに手を掛けた。

美波は小さな滝から一歩も動かない。ずっと浴び続けている。

それを、祐輔は清流に腰まで浸かったまま、口を開けて見ている。

ショートパンツのフロントのボタンを外し、そしてジッパーを下げていく。見えてきた。パンティが。白のパンティが。

美波が中腰になり、ショートパンツをすらりと伸びた足から抜く。パンティにも清流は掛かっていく。

水を吸ったパンティがべたっと恥部に貼り付き、その下が透けて見えてくる。

アンダーヘアーが。美波の恥毛が。

祐輔は勃起《ぼっき》させていた。ブリーフがかなりきつい。

美波がショートパンツを足首から抜いた。それも岸辺に向かって投げる。

「高島さん、こっちに来て」

ブラとパンティだけになった美波が手招く。

「えっ」

「汗臭いから……つい、押しちゃったの。ごめんなさい」

しまった、自分は汗臭かったのか。思わず、祐輔はTシャツの腋の匂いを嗅ぐ。そういえば起きてから着替えていない。Tシャツからは少し汗の臭いがした。

「高島さんだけじゃなく、私も臭いと思うから、洗うことにしたの。いっしょに、洗いましょう。全部、洗い流しましょうっ」

服の話だけではない気がする。お互い、学生の頃のキャンプの苦い思い出を洗い流そう、ということか。

祐輔は立ち上がった。そして、その場でTシャツを脱いだ。ちょっとためらった後、短パンも脱いでいく。美波の方が、すでにブラとパンティだけなのだ。男の俺がためらってどうする。

短パンを脱ぐと、もっこりと肉棒が盛り上がったブリーフがあらわれたが、それを見ても美波はなにも言わなかった。

祐輔は美波を真似て、Tシャツと短パンを岸辺に投げる。

そして、祐輔は美波に迫った。小さな滝の真下にあらためて入る。

すぐに全身ずぶ濡れになる。

「こうして、腋も洗って、高島さん」

と言って、美波がしなやかな両腕を上げてみせる。

無防備にさらされた美波の腋の下。股間にびんと来て、勃起度が上がる。言われるまま、祐輔も両腕を上げていく。腋の下にも清流が掛かってくる。

「ああ、洗い流すって、気持ちいいね、高島さん」

両腕を上げたまま、美波が笑顔を見せる。

祐輔の方は気が気でない。すぐそばに、ブラとパンティだけの美波がいるのだ。しかも、美波のスタイルは抜群だった。スレンダーなのに、バストもヒップも盛り上がっている。

剝き出しの肌は白く、それが清流を浴びて、きらきらと光っている。

さらにブラもパンティもべったりと貼り付き、乳首のぽつぽつや、下腹の陰りまで透けて見えていた。

これは誘っているのか。いや、違う気がする。でも、抱きしめてもいいんじゃないか。さっき、キスは受けてくれた。

そうだっ。さっきキスしたぞっ。あれは、なんとファーストキスだっ。ファーストキスが美波のような美人だなんて、最高じゃないかっ。

このまま童貞卒業といければ……。

「高島さん、エッチなこと考えているでしょう」

と美波が聞いてくる。

「えっ、い、いや……」

「だって、すごいですよ」

美波が股間に視線を向けてくる。鎌首《かまくび》がブリーフからはみ出ていた。

「あっ、これは」

「洗ってあげますよ。ソープ持ってきているんです」

そう言うと、美波が小さな滝から出て、いったん清流から上がっていった。

その後ろ姿を見て、祐輔は目を見張る。美波のパンティはTバックだったのだ。

ぷりっと張ったヒップがほぼ丸出しだった。尻たぼが、長い足を運ぶたびに、弾《はず》むようにうねっている。

それを、祐輔は呆然《ぼうぜん》と見ている。榊原なら、もうやっているのではないか。

でも俺は無理だ。たぶん美波も、俺はそんな男ではないと思って、大胆にブラとパンティだけになった上に、祐輔にも脱ぐように言ったのだろう。

十年前のキャンプでの苦い思い出を洗い流すために……。

美波がショートパンツのポケットからソープを取り出した。本当に身体を洗うつもりで、やってきたようだ。

ソープを持って、こちらにやってくる。べったりとブラが貼り付いたバストが大きく弾む。今にも乳首がのぞきそうで、こちらがドギマギする。

美波が正面に立った。そしてソープを両手で泡立てると、その手を祐輔へと向け、そろりと撫であげてくるではないか。

「あっ……」

思わず、声を出してしまう。

「くすぐったいかな」

うふふ、と笑い、美波は腋の下を泡立てた手でなぞり続ける。

「こっちも」

と言われ、もう片方の腕もあげる。そちらの腋の下も泡だらけとなる。

「今度は、僕が、洗ってあげるよ」

そう言うと、はい、と美波は素直にうなずいた。そしてソープを渡してくる。

祐輔はソープを泡立てる。ブラとパンティだけの美波の前で泡立てるだけで、興奮する。すでにブリーフから、ペニスの鎌首どころか、胴体まではみ出てしまっていた。

美波はそれをちらちらと見ている。

「腕を上げて」

と言うと、美波はいきなり両腕を上げていった。ブラが貼り付くバストの隆起が持ち上がり、左右の腋のくぼみがあらわれる。どちらも清流を受けて、光っている。

右のくぼみに泡立てた手を当てていく。

それだけで、ぴくっと美波のスレンダーな肢体が動いた。感じやすいのだろうか。

祐輔はそろりと撫でていく。すると、

「はあっ……」

と美波が熱い息を洩《も》らす。

祐輔はもう片方の腋の下に手を向けて、そろりと撫でていく。すると今度は、

「あんっ」

と甘い声を洩らす。

祐輔はまた、美波の唇を奪っていた。腋の下を泡立てた手で撫でつつ、ぬらりと舌を入れていく。

すると、美波はそれに応えた。しかもねっとりと舌をからませつつ、ブリーフからはみ出ているペニスの先端を、泡立てた手のひらで撫でてきたのだ。

「う、ううっ……」

ああっ、それだめっ、と叫んでいた。が、舌をからませているため、うめき声にしかならない。

美波は祐輔がかなり感じていると思ったのか、鎌首を強めに撫でてくる。

感じていた。というか、感じすぎていた。

あっ、だめだっ、と思った時には、暴発させていた。

美波が驚き、唇と手を離した。

どくどく、どくっとザーメンが宙を飛ぶ。美波の指にも、熱く湯気がたちそうな白濁《はくだく》が、ねっとりと掛かっていた。

「ああ、すごい……」

飛んだザーメンは清流に落ちて、流れて消えてゆく。

「きれいにしないと」

と言うなり、美波が祐輔からソープを取り、泡立てると、ひくつくペニスを両手で包んできた。

下から包みあげられると、ああっ、と祐輔は声をあげて、腰をくねらせる。

「うふふ。くすぐったいかしら」

「ああ、くすぐったいよう」

うふふ、と笑いつつ、美波はペニスを両手で洗い続けた。

# 第二章　雨に濡れる熟女キャンパー

## 1

秋。高島祐輔は有給を取って、群馬県のYキャンプ場に向かって、車を走らせていた。木々が色づきはじめた頃だ。

もちろん、山が真っ赤に色づいてからキャンプを張れば最高の眺めだろうが、当然それは行楽まっさかりのシーズンなので、平日でもかなりの人出となる。

ソロキャンパーにとっては受難の季節だ。だから、祐輔は紅葉のはじまりかけに、いつもキャンプを張っていた。

祐輔の頭からずっと離れない女性がいた。初夏に出会った、谷村美波だ。

ソロキャンパー同士で出会い、いっしょに晩飯を食べ、いっしょにランタンを見つめ、そして、いっしょに身体の洗いっこをして、祐輔は射精までしていた。

けれど、あの時はそれ以上のことはせずに終わった。美波ともあれっきりだ。なにせ、メールも交換していない。

メアドとか携帯番号を教えて、と聞くのが、祐輔はなにかソロキャンパーとして違うと思ったのだ。あの時、美波が祐輔の前で、ブラとパンティまでになったのは、ソロキャンパー同士として、通じあうものを感じたからだろう、と思った。

だから、ナンパみたいなことはしたくなかったのだ。

もちろん、美波から聞かれたら答えるつもりでいたが、美波もそういったことは聞かず、お互いバイバイとあっさり別れた。

とはいえ祐輔は、やっぱりメアドくらいは聞くべきだったたと密かに後悔した。

美波はファーストキスの相手であり、自分の手以外ではじめて射精した相手でもあるのだ。

射精した後、美波がペニスを洗っているうちに、すぐに肉棒は硬さを取りもどした。

だが美波はそれを見て、元気ね、と微笑んだだけで、すぐに清流から上がってしまった。そして脱いだ服を手にして、自分のテントに戻っていったのだ。

祐輔はペニスを勃起させたまま、なにも聞けずに、パンティが貼り付くヒップを見送ることしかできなかった。あの長い足を運ぶたびに、ぷりっぷりっとうねるヒップが、いまだにとても鮮やかに思い浮かんでくる。

その後、初夏から秋にかけて、祐輔は月二回のペースでソロキャンプに出かけている。ソロキャンパーが喜びそうなキャンプ場を選んで、もしかしたら美波と会えるかもしれない、というわずかな期待を胸に秘めていた。

再会出来たら、好きです、と告白しようと思っていた。が、あれきり美波と再会することはなかった。

Yキャンプ場に入った。平日だったが、駐車場には車が三台止まっている。

祐輔は管理室でチェックインをして、サイトに入っていった。一面紅葉でなくても、ちらほら色づいている木があるだろう、と思ってきたが、まだまだ青々とした木ばかりだった。

それでも、奥まで入っていくと、一本だけ、真っ赤に色づいている紅葉の木を見つけた。

「これはいい」

この紅葉を眺めながら、ゆったりしよう。

祐輔は一本だけ色づいている紅葉の木の前に、テントを張ることにした。今夜は、一時雨の予報が出ていた。

空はいい天気で、降らなさそうに思えたが、山の天候はよく急変する。雨が降ってからでは遅いので、はじめからタープを張ることにした。

タープは雨や日差しを遮るための、広い布の屋根のようなものだ。

祐輔は広くタープを張り、その下にテントを設営した。ひと通り終わったところで、薪拾いに出かける。

すると木立の中で、一人の女性を見掛けた。女性が一人でいる姿を見るだけで、もしや美波か、とドキリとなる。

が、美波ではなかった。女性は三十代後半くらいに見える。長袖のシャツにジーンズ姿だ。祐輔と同じく薪を探して山の斜面に入っていた。

ちょうど、その女性が斜面の上の方を昇っていて、祐輔から見上げる形となっていた。

ジーンズが貼り付くヒップラインにどうしても目が向かう。むちっとした盛り上がりを見せる、なかなかそそる尻の形をしていた。

女性は家族と来ているのだろうか。それにしては、まわりは静かだ。子供の声は聞こえない。となると、男とふたりか。まあ、そう考えるのが普通だろう。

女性が祐輔の視線に気づいたのか、立ち止まり、こちらを見下ろした。

祐輔は目を見張った。女性が美形だったのだ。

思わず見惚《みと》れていると、こんにちは、と女性の方から挨拶してきた。

「こ、こんにちは……」

とぎこちなく返事をする。

「この辺り、いい枝が落ちてますよ」

と女性が笑顔でそう言う。

「そ、そうですか……」

女性はこちらにヒップを見せたまま、枝を拾うべく、前屈みになる。

するとさらに祐輔に向かって、ジーンズが貼り付くヒップが差し出されてくる。

いい尻だ、と思わず、つぶやく。

胸元にたくさんの枝を抱えて、女性が斜面を降りてきた。失礼します、とすれ違う。

甘い薫りがして、祐輔は股間を疼かせていた。


秋になると、日が暮れるのも早くなる。タープの下で薪をくべて火を焚くうちに、瞬く間に辺りは暗くなっていた。

夏とは違い、肌寒くなると、焚き火の有り難さが余計身に沁みる。そして、揺れる炎もより美しく映える。

祐輔はランタンに火を灯《とも》し、紅葉の枝に掛けた。すると、そのまわりだけ、赤く色づいた紅葉が鮮やかに浮かび上がる。

「綺麗だ」

と思うと共に、これを美波といっしょに見たかったな、と感じる。

ああ、どうして連絡先を聞かなかったのか。向こうから聞いてこなかったのか。

でも、向こうから聞かれなかったということは、こちらから聞いても答えてくれなかったかもしれないのではないか。

いや、そんなことはない、と祐輔は一人で首を振った。裸同然で、美波の腋の下を洗ったのだ。キスもした。あの時、仲は深まったのだ。

それを手放したのは、祐輔自身だ。

じっとしていると暗い考えばかりになってしまいそうなので、飯を炊くことにした。

祐輔は飯盒の米に水を浸し、しばらく置いて焚き火に乗せる。

タープの上から、雨音が聞こえはじめた。

降ってきたな、と思った途端、いきなり雨脚が強くなった。

ランタンの明かり越しにも、雨の雫が見えるようになる。

「やっぱり降ってきたか」

タープをあらかじめ広く張っておいて良かった、と自分の判断に満足する。テント前のスペースも雨から守られているので、焚き火が雨で消える心配もない。こういう時、ソロキャンプだと判断を褒めてくれる人がいないのが寂《さび》しい。

雨に打たれなければ、焚き火の炎越しに見る雨脚も風情があって、悪くない。

今夜は餃子を焼くことにしていた。ご飯が炊け、蒸らし終える辺りで焼く予定だから、とりあえず今はやることがない。

ぼうっとランタンの明かりと雨脚を眺めていると、視界に、女性の姿が入ってきた。

シャツにジーンズ姿。あれは、夕方の女性じゃないか。

そう思った時には、その女性が祐輔のタープの下に飛び込んできていた。

## 2

「ああ、良かった……」

はあはあと荒い息を吐きつつ、女性は頭から被っていたタオルでシャツを拭《ふ》きはじめる。焚き火の前に座っていた祐輔は立ち上がった。

「ごめんなさい。いきなり入ってきて……」

濡れた髪をタオルで拭きつつ、女性が謝る。

「い、いいえ……。もしかして、雨対策していなかったんですか」

「はい……すいません」

と女性が頭を下げる。

「いや……」

頭を下げられても、困る。

「いきなり降ってきて、しかも強いでしょう。止《や》みそうにないと思って、どうしようかと思ったら、あなたの顔が浮かんで。それで、こっちの方だろう、と走ってきたんです。焚き火の炎を見た時は、あなたのテントだって確信したんです」

「そうですか……あの、お連れの方は？」

「一人です」

と女性が答える。

「一人……」

「ソロキャンプです」

「そうなんですか……」

「意外、ですか」

「ええ、まあ……」

三十代後半に見える美人の女性は、落ち着いたOLといった雰囲気だった。一人でキャンプするようなタイプには見えなかった。

「はじめてなんです。一人は」

と美人女性がそう言った。やっぱりそうか。

「そうですか。はじめてで、雨に打たれたら困りますよね」

「テントに水が入ってきそうになって、驚きました……」

女性はストレートの黒髪を抜きつつ、真《ま》っ直《す》ぐ祐輔を見つめてくる。

とにかく濡れた髪が色っぽかった。大人の女性の色香が漂《ただよ》っている。

「あの……ちょっと乾かして、いいですか」

と女性が聞いてくる。

「乾かす……髪をですか」

「いいえ、シャツです。このままだと風邪引きそうで」

「い、いいですよ……」

すいません、と言うなり女性がシャツのボタンに手を掛け、外しはじめた。

ひとつ、ふたつと外すと、鎖骨がのぞき、乳房の隆起がちらりとのぞいた。

みっつめを外そうとして、祐輔の視線に気づいたのか、女性が手を止めた。

「あっ、すいません」

祐輔は背中を向けようとする。

「ごめんなさいっ」

と女性の方が謝る。

「勝手にやってきて、いきなりシャツを脱ごうとして……あの、ご迷惑ですよね」

「いいえ、そんな」

「あの……背中を向けないでください」

「えっ」

「勝手にやってきて、雨宿りさせていただいているのに、テントの主が視線をそらすなんて、変ですから」

「しかし、いいんですか……」

「いいです。別に、あの、おっぱい出すわけではないですから……」

と言って、美人熟女《じゆくじょ》が頰を染める。

「じゃあ、あの……このままでいます」

確かに、美人熟女が勝手にやってきたのだから、祐輔が見ない努力をするのはおかしい気もする。

「では、あの、脱ぎます……」

そう言うと、美人熟女はみっつめのボタンを外した。

ブラに包まれた乳房の隆起があらわれる。ブラはハーフカップで、やわらかそうな膨《ふく》らみが半分近くあらわとなっていた。

ジーンズの尻の盛り上がり同様、乳房もかなり豊かだった。

美人熟女はよっつめ、いつつめとボタンを外して、祐輔の目の前でシャツを脱ぎ去った。ハーフカップのブラとジーンズだけとなる。

剝き出しの肌は統白かった。それが焚き火の炎を受けて、赤く染まっている。

なんとも言えないエロスを感じる眺めだ。

美人熟女は脱いだシャツを広げると、その場に片膝になり、焚き火の炎に向ける。

つられて、祐輔も彼女の隣に座った。

手を伸ばせば触れることが出来るほどそばに、半裸の美人熟女がいることが信じられない。

「私、長谷川《はせがわ》といいます。長谷川瑠璃《るり》です」

「ぼ、僕は高島祐輔です」

うふふ、と瑠璃が笑い。

「こんな格好ではじめましてなんて、なんか変ですね」

と言う。

「かなり変です」

と答えると、うふふ、とまた笑った。が、その笑顔にはどこか陰があった。でも、その陰が、瑠璃をより魅力的に見せてもいた。

「雨に打たれるなんて、キャンプを甘く見過ぎですよね」

祐輔はなにも言わなかった。実際《じっさい》、そうだったからだ。

「主人に叱られます……」

と言って、寂しそうに笑った。旦那がいるのか。でも、結婚指輪はしていない。それに、ソロキャンプだと言っていたぞ。

「ご主人は？　今回はいっしょじゃないんですか」

そう聞くと、焚き火の炎を見つめる瑠璃の瞳に、見る見る涙が浮かび上がってきた。

まずいっ。なにか不躾《ぶしつけ》なことを聞いてしまったか……これだから、ふたりになると面倒なのだ……。

瑠璃の大きな瞳から涙の雫《しずく》がひとつ、ふたつ、みっつと流れていく。

瑠璃はそれを拭《ぬぐ》うこともせず、

「三ヶ月前に……病気で亡くなりました」

と答えた。

「すいません。失礼なことを聞いてしまって」

「いいえ……キャンプを甘く見ていた私が悪いんです……高島さんのように、タープを張っておくべきなのに……そもそもタープを持ってきていませんでした」

そこで、祐輔に目を向け、ごめんなさい、と謝った。

「いいえ、そんな……」

涙の雫は頬を伝い、あごまで滴《したた》っている。

ハーフカップのブラだけの上半身は色っぽかった。乳首が今にものぞきそうで、ドキドキする。なにより、カップからはみ出ているやわらかそうな膨らみに、どうしても視線が吸い寄せられる。

「主人とはよくキャンプをしていたんです。いつも主人任せでした。このキャンプ場は思い出の場所なんです」

「そうですか……」

「あ、あの……」

「なんですか」

「あの……ジーンズも乾かしたいのですけど……」

「ジーンズも……」

脱ぐというのか。ここで。俺の前で。

「あの……脱いでいいでしょうか」

「か、風邪引くとまずいですよね」

はい、と瑠璃はうなずく。

「ど、どうぞ……」

と祐輔が言うと、瑠璃は、持っていてくださいますか、とシャツを渡してきた。祐輔はシャツを受け取り、焚き火に向かって、広げる。

すると、瑠璃が立ち上がった。ジーンズのボタンを外し、まさに、祐輔の目の前でフロントジッパーを下げはじめる。

前がはだけ、パンティがあらわれた。ブラと同じ白だった。白は白でも透け感がかなりあり、中のヘアーが透けて見えていた。

　ヘアーが見えた瞬間、まずいっと思い、祐輔は顔をそらした。

「優しいんですね、高島さん」

　と瑠璃が言う。

「私、信頼していますから。ぜんぜん、心配していませんから……」

　ジーンズを脱ぐ音が聞こえる。

　祐輔は顔をそらしたままだ。もちろん、見たかったが、見てはいけないと我慢する。

## 3

「ありがとうございます」

　と右手から白い腕が伸びてきた。広げていたシャツを手にしようとする。

「これ、僕が乾かしますから。長谷川さんはジーンズを乾かしてください」

　顔をそむけたまま、祐輔はそう言う。

「すいません……なんか、いろいろ気を使わせてしまって……ソロキャンプを楽しんでいらっしゃったのに……」

隣から、甘い薫りがかすかに漂ってくる。見ていないが、今、すぐ隣で、美人の未亡人がブラとパンティだけになっているのだ。

その剝き出しの肌から薫ってきている匂いだ。

「あの……」

と瑠璃が声を掛けてくる。

「あの、高島さんっ。ご飯、炊けているんじゃないですかっ」

と瑠璃に言われ、あっ、と祐輔は声をあげる。飯盒からはとっくに水が吹きこぼれ終わっている。すぐ火から下ろすべきだろう。

広げていたシャツを瑠璃に渡そうと、隣を見た。

「あっ……」

わかっていても、祐輔は目を見張った。瑠璃はやっぱりジーンズを脱いでいた。白の透け感あふれるパンティが股間に貼り付いている。

その未亡人の色香に、祐輔は思わず見惚れてしまう。

瑠璃はしなやかな両腕を伸ばし、ジーンズを焚き火に向けたままの姿勢でいる。

すぐそばに、やわらかそうな膨らみだけではなく、平らなお腹に、むちっとあぶらの乗った太腿、そして、なにより、パンティから透けたヘアーがある。

「ご飯、下ろさないんですか」

と瑠璃に言われ、祐輔は我に返る。シャツを渡し、手袋をすると、飯盒を焚き火から下ろした。焦げた匂いはしない。いい具合に炊けているようだ。

「良かった……」

瑠璃も飯盒をのぞきこんで、ほっとした声を出している。瑠璃の美貌と鎖骨と乳房の隆起がすぐそばにあった。

祐輔は思わず、ブラからこぼれそうな膨らみを見つめ、

「餃子、食べていきませんか」

と言った。

「餃子……」

「嫌いですか」

「いいえ。大好きです。でも、ご飯もそうですけど、お一人ぶんでしょう。私がご馳走になったら、高島さんのぶんが減ります」

「小食ですから、大丈夫です」

と言うと、うふふ、と笑い。

「やっぱり、お優しいんですね」

と言った。

「そんなことありません」

「ああ、なんかドキドキします」

美貌を寄せたまま、瑠璃がそう言う。

「ドキドキ、ですか……」

「はい。こんな気持ちになったの、久しぶりです」

瑠璃が優美な頬を赤らめている。

「ぼ、僕もドキドキしています」

「うそ……」

「本当です。だって……」

ブラからこぼれそうな膨らみから、目が離せなくなっている。

「こんなおばさんの下着姿でドキドキしますか」

「おばさんなんかじゃないですよっ。綺麗です」

思わず、会ったばかりの女性に「綺麗」と言ってしまった。ナンパ野郎なら普通のことだろうが、祐輔にとっては、奇跡に近い。

「あら……お上手なんですね。でも、うれしいです」

とはにかむように笑う。年上の未亡人だったが、一瞬、年下に見えた。

「もうそろそろ、シャツが乾いたみたい」

と瑠璃が言う。どこか残念そうだ。

危うく、そのままのブラ姿でいてください、と言いかけたが、言えるはずがない。

瑠璃はじっと祐輔を見つめ、そして、目の前でシャツに腕を通した。が、ボタンは閉じない。腕を通しただけだ。

ブラからこぼれそうな膨らみも、縦長のへそがセクシーなお腹も、そして透け感のあるパンティが貼り付く恥部も、まだ、見ることが出来ていた。

「ドキドキするのって、大事ですね」

と瑠璃が言う。

「そうですね……」

「主人が亡くなってから、ずっとこんな感情を忘れていました。いいえ、こんなドキドキする感情を持ってはいけない、とずっと思っていたんです」

「そんなに、ご主人を愛していらっしゃったんですね」

「はい……でも今、なんか、私ってすごく女なんだな、と感じています」

「すいません、じろじろ見てしまって……」

シャツからのぞく胸元やパンティが貼り付く股間から、早く目をそらさなければいけない、と思っているのだが、無理だった。それに、瑠璃は祐輔に見られていることを嫌がっていない。

むしろ、見せているのだ。

「いえ、いいんです……ドキドキしろって、おまえも女に戻れって、主人が雨を降らせたような気がします」

「そ、そうですか……」

ジーンズも乾きつつある気がしたが、瑠璃は穿《は》かなかった。パンティが貼り付く恥部とむちっとあぶらの乗った太腿を晒《さら》し続けている。

「餃子、焼きます」

なにかしないと落ち着かなかった。

祐輔は焚き火にあらたな薪をくべて、火力を強めると、鉄板を乗せた。そこに油を引いて餃子を並べていく。

じゅうっと焼ける音がする。さっと清流で汲んでおいた水を掛け、蓋をする。

「三分くらい、このままにします」

と祐輔は言う。蓋をすると、はやくも三分間、することがなくなる。

瑠璃はすぐ隣で、剥き出しの足を斜めに流して座っている。ちょっとでも手を伸ばせば、太腿に触れることが出来る距離だ。

しかも、ずっと、剥き出しの肌から甘い薫りがしてくる。

祐輔は勃起させていた。ジーンズの股間がぱんぱんに張っている。

なにかしゃべらないとと思ったが、なにも思い浮かばない。

こうなると、雨の音やランタンの炎に救われる。

「ランタンの炎を見ていると、なんか、エッチな気分になってきますね」

ランタンの炎をじっと見つめつつ、瑠璃がぽつりとそう言う。

先走りの汁を祐輔は出していた。キスしたい。太腿に触りたい。おっぱいを揉みたいっ。

「餃子、水分蒸発しましたよね」

と瑠璃に言われ、あわてて蓋を取る。そして、餃子を返していく。

「いい色に焼けてますね」

瑠璃がうれしそうに、そう言う。

鉄板を焚き火から降ろし、小皿にタレを出す。

「箸が……」

ひと揃《そろ》いしかない。祐輔の脳裏に、小さな枝を手にして、ナイフで削りだした美波の姿がとてもリアルに浮かび上がった。

それと共に、清流でブラとパンティだけになった美波の姿も、浮かび上がる。

ああ、美波……。

瑠璃は美波とちがい、自分で箸を作ったりはしないようだ。キャンプでは、主人任せだと言っていた。

「箸、作りますね」

祐輔はそばにあった小さな枝を一本手にすると、ナイフを使って削っていく。それを、瑠璃がじっと見つめている。

しかも、その瞳が潤《うる》みはじめていた。亡き夫を思い出しているのか。

緊張して、手元が狂いそうになる。

「出来ました」

やがて出来上がった箸を美貌の前まで上げると、瑠璃はそれを見つめている。

綺麗だ。未亡人ならではの憂《うれ》いの表情がそそる。

「お上手ですね」

「いや……」

「それ、使わせてください」

と瑠璃が言う。

はい、と祐輔は削って作った箸を瑠璃に渡した。そして、ひとつだけある飯盒の内蓋にご飯をよそおい、瑠璃に渡そうとする。すると、

「そんな……高島さんが使ってください……」

と遠慮する。譲り合ってもしょうがないので、祐輔はそのまま内蓋で食べることにする。瑠璃は手作りの箸をじっと見つめていた。

「食べましょう」

と祐輔が先に餃子を口に運ぶ。旨かった。キャンプ飯はなにを食っても旨かったが、やはり美人と食べるキャンプ飯は格別の味がする。

頂きます、と瑠璃も餃子を口に運ぶ。思わず、唇を見つめてしまう。やや厚ぼったい唇が色っぽい。

「ああ、美味しいです」

と瑠璃が笑顔を見せる。瑠璃は飯盒からじかにご飯を食べた。そんな瑠璃を見ていると、どうしても美波を思い出す。

## 4

「高島さんも、誰かいい人を思い出しているんじゃないかしら」

と瑠璃がいきなりそう聞いてきた。不意をつかれ、えっ、と返事に窮《きゅう》する。

「やっぱり。彼女さんですか」

「いいえ……初夏のソロキャンプの時に、知り合った女性がいて……その女性も瑠璃さんと同じソロでキャンプに来ていたんです。夜にご飯を落としてしまって、それでこうして、いっしょに食べたんです」

なぜか、ぺらぺらと美波のことをしゃべってしまう。

「そうですか。今回、いっしょじゃなかったんですね」

「そもそも、連絡先も知らないんです。その時だけです」

「なるほど。その女性を忘れられないのね」

夕飯を終えて、ふたりでランタンの明かりを見つめていた。

瑠璃は相変わらず、ブラとパンティの上からシャツを羽織っているだけだった。

雨脚は相変わらず強い。

「その女性とまたキャンプ場で会えたらいいですね」

「はい……」

「いいですね、高島さんは……」

「えっ」

「だって、キャンプ場に来たら、会えるかもしれない女性がいるから……私にはもういません」

と言って、瑠璃が祐輔を見つめてくる。焚き火の炎が瑠璃の横顔を赤く染めている。

また瞳が涙で潤み、雫がこぼれ落ちていく。

祐輔は手を伸ばしていた。そして、雫を掬っていた。考えてやったことではない。考えたらとても出来ないことだった。

瑠璃の涙を見ていたら、それを掬いたいと手が勝手に動いたのだ。

その手を瑠璃が摑んできた。

ぐっと引き寄せられ、えっ、と思った時には、祐輔の口に瑠璃の唇が重なっていた。

祐輔は目を丸くさせて、瑠璃のキスを受けていた。

瑠璃が唇を開き、舌先で祐輔の口を突いてくる。祐輔は緊張で、堅く唇を結んでいたのだ。

開くと、ぬらりと瑠璃の舌が入ってきた。

瑠璃の方から舌をからめてくる。祐輔はそれに応える。瑠璃の唾液《だえき》は濃厚な味がした。それは、美波と比べてということだ。

なにせ三十になってはじめて、美波とキスしたのだ。瑠璃がふたりめの女性だ。

瑠璃は積極的に舌をからめてくる。

「うんっ、うっんっ」

祐輔の舌を貪《むさぼ》ってくる。祐輔は熟女未亡人の濃厚なベロチューに圧倒される。

ようやく、唇が引かれた。唾液がねっとりと糸を引き、それを瑠璃がじゅるっと吸う。

「今夜だけ、私を祐輔さんの彼女にしてくれませんか」

「えっ……」

思わぬ提案に、祐輔は面食らう。すでにキスだけでも驚いていたが、ひと晩の彼女ということは……エッチを……望んでいるのか……。

エッチっ。この憂いを帯びた美貌未亡人と初体験っ。

「やっぱり、おばさんじゃいやですか」

「まさかっ」

と思わず大声をあげてしまう。

「今、すごく心臓が高鳴っているんです……こんな気持ち、主人を亡くしてから、はじめてなんです」

と言いつつ祐輔の手を摑み、自らの胸元に導く。

「長谷川さん……」

「瑠璃って呼んでください、祐輔さん」

涙でうるうるの瞳でじっと見つめてくる。

祐輔はブラの上に手を重ね、瑠璃さん、と呼ぶ。それだけで、また我慢汁が出る。

「強く、して……」

とかすれた声で言って、祐輔の手の甲を手のひらで押してくる。

祐輔はブラ越しに、熟女未亡人の乳房を鷲摑んでいく。すると、

「あっ」

と瑠璃がはやくも、甘い喘《あえ》ぎを洩らした。

思わず、えっ、もう、という目で見てしまう。

そして、さらにぐっと摑む。するとまた、

「あっ、あんっ」

と甘い喘ぎを洩らす。どうやら、すでに乳首が勃《た》っているようだ。いつ勃ったのだろうか。ジーンズを脱いでパンティ姿を晒した時か、それとも祐輔とキスした時……。祐輔はもう片方の手も伸ばし、ふたつの膨らみをブラ越しに揉んでいった。

「あっ、ああ……あんっ……」

瑠璃はとても敏感な反応を見せる。

それが祐輔をひどく興奮させた。だって、揉めば美人が反応するのだ。こちらの動作に相手が敏感に反応すると、それだけで牡《おす》の血が沸騰《ふっとう》していく。

当然のこと、じかに乳房を摑みたくなる。黙ってブラを脱がせればいいのだが、つい、

「あの……ブラを……」

と言ってしまう。すると熟女未亡人は、脱がせたいです、と祐輔が続きを言う前に、自ら両手を背中にまわし、ブラのホックを外した。

豊満な膨らみに押されるように、ブラカップがめくれ、乳房があらわれた。

「ああ、瑠璃さん……」

はじめて見る生おっぱいだ。生乳首だ。

白い膨らみが焚き火の炎を受けて、赤く染まっている。なんて綺麗で、なんて妖艶《ようえん》

なんだ。

祐輔は思わず見惚れてしまう。

「ああ、恥ずかしいわ……垂《た》れてきているから」

と言って、瑠璃が乳房を両手で抱く。乳首を隠すためというより、下から抱き上げるかっこうだ。

だから、とがりきった乳首は隠れていない。祐輔は手を伸ばし、それを摘まんだ。

するとそれだけで、

「あんっ」

と瑠璃があらたな喘ぎを洩らす。その声に煽られ、祐輔はふたつの乳首をこりこりところがしていく。

「あっ、ああ……あんっ、だめ……」

パンティ一枚の身体をくねらせ、瑠璃が火の息を吐き続ける。

「ああ、揉んでください……」

と瑠璃が自ら、乳房を抱いていた両腕を脇にやる。持ち上げられていた乳房が下がる。が、垂れてはいない。むしろとてもやわらかそうで、劣情をそそられた。

祐輔はたわわな膨らみを左右同時に摑んだ。五本と五本の指を、左右の乳房にぐぐっと食い込ませていく。それと同時に、とがった乳首を手のひらで押し潰す。

「あっ、あんっ……ああ……」

瑠璃の甘い声が、雨音の聞こえるキャンプ場に流れる。

祐輔は優しく、壊れ物を扱《あつか》うように揉んでいく。熟女未亡人の乳房は想像通り、とてもやわらかかった。

が、他の女性の乳房の揉み心地を知らないから、瑠璃の乳房が格別やわらかいのかどうかは、わからない。

ふと美波のバストを思い出す。ブラに包まれたバストは、どんな揉み心地なのだろうか。やっぱり、ぷりぷりしているのか。それとも、やわらかいのか。

「ああ、もっと強くおねがい……」

と瑠璃が言う。

女性の乳房は優しく揉む、と頭から思い込んでいたのだが、熟女は激しいのが好きなのだろうか。

祐輔はリクエストに応え、強く揉みはじめる。たわわな膨らみを、五本の指でこねるように揉んでいく。

「あっ、ああっ……もっとっ、もっと強く……」

まだ足りないのか。祐輔はさらに強く揉みしだく。やわらかな膨らみが淫《みだ》らに形を変える。が、手を引くとすぐに、元の形に戻る。

「あ、あの……乳首……」

吸ってもいいですか、と聞く前に、

「おねがい……吸って……」

と瑠璃がおねだりしてきた。童貞男程度の考えることは、手に取るようにわかるのだろうか。

はい、と祐輔は、ふたつの乳房から手を引く。

「あっ……」

祐輔は驚きの声をあげた。焚き火の炎に照らされた乳房のあちこちに、手形がうっすらと付いていたのだ。

熟女未亡人の肌はとても繊細で、強く揉んだために、はやくも痕《あと》が付いてしまっているのだ。女性の乳房は大切に扱うべきだったのに、自分のせいだ。

「すいません……」

と思わず、謝る。

「ああ、どうして……ああ、はやく、吸って」

瑠璃の乳首はさっきよりさらにとがっている。

祐輔は顔を寄せていくと、それだけで乳首がひくひくと動いた。そこにしゃぶりつくと、

「はあっんっ」

と瑠璃が敏感な反応を見せる。

祐輔はとがりきった乳首をちゅうちゅう吸っていく。すると、揉んで、とおねだりされた。

祐輔は乳首から口を引き、乳房を揉もうとする。

「あんっ、いっしょに……」

と濡れた瞳で見つめつつ、瑠璃が言う。さっきまでは涙目だったが、今は違っていた。

なるほど、いっしょにか、と納得して、祐輔はもう片方の乳首にしゃぶりついていった。そして、今まで吸っていた乳首ごと摑むと、揉みしだいていく。

「ああっ、ああっ……ああ、気持ちいい……あなた……」

と瑠璃が言う。祐輔がふと美波を思い出したのと同じように、瑠璃も亡き夫のことを思い出したようだ。

すいません、奥さんお借りしています。

祐輔は謝りつつ、未亡人の乳首を吸い、乳房を揉み続ける。

「ああ、ああ、熱い、からだが熱いの」

そう言うと、瑠璃がシャツから腕を抜いていく。

再び、ブラとパンティだけになる。本来、肌を晒す場所じゃないだけに、余計、露出感《ろしゅつかん》が大きくなる。

「ごめんなさい。私ばっかり……祐輔さんも気持ち良くなってください」

と言うなり、瑠璃が祐輔の股間にしなやかな腕を伸ばしてきた。

## 5

「えっ……」

ジーンズのボタンを外した瑠璃が、すぐさまジッパーを下げた。

祐輔はされるがままだ。

やがて瑠璃が「立って……」言い、祐輔は言われるまま、その場に立ち上がった。

すると、瑠璃がジーンズをぐっと下げた。と同時に、ブリーフがあらわれた。それは当然ながら、もっこりとしている。生地が薄いタイプで、鎌首の形までもが、露骨に浮き出ていた。

「ああ、なんか、エッチ……」

瑠璃がそろりとブリーフ越しに、鎌首を撫でてくる。

「あっ……」

それだけでも、童貞野郎には刺激が強い。美波に先端を撫でられ、そのまま暴発させた恥態を思い出す。このままだと、あの時の二の舞になってしまうかもしれない。

瑠璃がブリーフに手を掛けた。めくるように、下げていく。

すると、弾けるように勃起したペニスがあらわれた。すでに先端は、大量の我慢汁で白くなっている。

それを目にした瑠璃が、あら大変、と言うなり、ちゅっと吸い付いてきた。

「ああっ、瑠璃さんっ」

鎌首の先端をちゅちゅっと吸ってくる。それにつれ、我慢汁が瑠璃の口の中に吸い取られていく。瞬く間に我慢汁がなくなったが、その刺激によって、あらたな我慢汁がどろりと鈴口から出てしまう。

それを今度は、舌先でぺろぺろと舐め取ってくる。

「ああっ、ああっ……あん、あん……」

あまりの気持ち良さに、祐輔は女のような声をあげ、腰をくなくなさせる。

瑠璃が鎌首を本格的に咥《くわ》えてきた。くびれまで口に含むと、祐輔を見上げてくる。

その目は、どうかしら、と告げている。

「ああ、気持ちいいです、ああ、ち×ぽ、とろけそうです」

と祐輔は答える。瑠璃はうなずくと、そのまま反《そ》り返った胴体まで咥えこむ。一気に根元まで呑み込むと、強く吸い上げてきた。

「ああっ……」

思わず出しそうになったが、懸命にこらえる。しゃぶられてすぐに出すなんて、恥ずかしい。それにもっと、瑠璃のフェラをち×ぽで感じたい。

「うんっ、うっんっ」

瑠璃の美貌が上下をはじめる。優美な頬が膨らみ、凹《へこ》み、そして膨らむ。

それを眺めていると出そうになる。気をそらすべく視線を上げると、ランタンの炎が目に入ってきた。相変わらず、エロティックに映えている。

思わず、ランタンの炎で出そうになる。祐輔はランタン萌《も》えだから、ランタンでいくのは本望と言っても良かったが、まだ出したくない。

瑠璃が唇を引き上げた。右手で唾液まみれの胴体をしごき、

「つらそう……」

とつぶやく。

「もしかして……あの……」

「……はい、童貞です」

と祐輔は正直に答えた。熟女未亡人には、見栄《みえ》を張らなくてもいい、正直になれる雰囲気があったのだ。

実際、童貞だと告白しても、瑠璃はなにも言わなかった。祐輔を見上げたまま、左手で鎌首を包み、動かしてくる。

「ああっ、それっ、だめですっ」

瑠璃はうふふと笑って、手コキ責めをしてくる。

「いいのよ。出して」

と瑠璃が優しく、そう言った。

「出しませんっ。手には出したくありませんっ」

祐輔は必死に我慢しながら答えた。せっかくの美女未亡人のフェラなのだ。手なんかに出しては、もったいない。

「じゃあ、お口に出したいのかしら」

「出したいですっ。瑠璃さんの口に、出したいですっ。いいですかっ」

祐輔はすでに我慢の限界にきていた。大量の我慢汁が、瑠璃のほっそりとした指を白く汚している。

「だめ」

「えっ……だめですかっ」

熟女未亡人は口内発射をゆるしてくれると思っていただけに、失望が強く、祐輔は泣きそうになる。

その間も、瑠璃は祐輔を見上げながら、右手で胴体をしごき、左手の手のひらで鎌首を刺激し続けている。

「そんな悲しい顔をしないで、祐輔さん」

「だって……」

と祐輔は泣きそうな顔のままでいる。なんとも情けないが、三十過ぎて童貞だと告白してしまうと、すべてを熟女未亡人に受け止めて欲しい、という気持ちが強くなっていた。

「お口でいいのかしら」

と瑠璃が聞いてくる。

「えっ……」

「本当に、お口なんかでいいの」

「口なんかって……えっ……」

「おま×こは？」

と瑠璃の唇が動いた。

その響きを耳にした瞬間、祐輔は暴発させていた。

「あっ、うそ……」

「あ、ああっ、ああっ、出る、出るっ」

どくどく、と凄まじい勢いで噴射していた。それは鎌首を包んでいる瑠璃の手のひらを直撃し続ける。

「すごい、すごいっ」

瑠璃は左手を引くことなく、手のひらで受け続けている。しかも右手はしごきを止めることなく、脈動している間も上下に動かし続けている。

「あ、ああっ、ああっ、出る、出るっ」

脈動が収まらない。

ようやく収まると、瑠璃が左手の手のひらを鎌首から引き上げていく。

大量のザーメンがねっとりと糸を引いて、次々と垂れていく。

美波に続いてまたも、手のひらに暴発させてしまった。美波の時はキスしつつの先端撫でだったが、今回は、おま×こと耳にしただけで出してしまっていた。

せっかくふたりの美女に相手をしてもらいながら、手のひらにばかり発射とは情けない。

射精した時、美波は驚いてすぐに手を引いたが、瑠璃はさすがに熟女未亡人だけあって、射精している間も手のひらを引かずに受け止めてくれた。

「すいませんっ」

「おま×こどころか、お口にも出せなかったわね、祐輔さん」

瑠璃は手のひらに出されても、まったく怒っていない。むしろ、久々にザーメンの感触を覚え、ザーメンの匂いを嗅いで、より昂ぶっているように見える。

瑠璃がザーメンの垂れ落ちる手のひらを、自分の顔まで上げる。

「たくさん、出たね」

と言う。

五本の指の間からも、ねっとりとザーメンが垂れていく。

「うれしいわ」

とつぶやく。

「う、うれしい……」

「だって、私とおま×こ出来るかも、と思っただけで、こんなにたくさん出してくれたんでしょう」

そう言うと、ザーメンまみれの自分の指に吸い付いていった。

上気させた美貌を横にして、人差し指についたザーメンを、ずるずる言わせて舐め取っていく。

「る、瑠璃さん……」

人差し指のザーメンを舐め取ると、今度は中指と薬指を重ねて、そこにしゃぶりついた。二本の指をいっしょに咥え、吸い取っていく。

「ああ、美味しいわ、祐輔さん」

瑠璃はザーメンを舐め取り、うっとりとした顔を見せている。たまらない。

そんな瑠璃を見ていると、大量に出して萎《な》えかけていたペニスが、はやくも力を取りもどしていった。

「あっ、すごいっ、もう、大きくなってきたわ」

「瑠璃さんが、エッチすぎるからです……」

「エッチなんかじゃないわ……ああ、そのランタンの炎が、変な気分にさせているの」

と言って、瑠璃がランタンの炎を見つめる。

そして、立ち上がると、祐輔に抱きつき、唇を寄せてきた。

「あっ……いいかしら、ザーメン残っているかも」

と言いながら、ぺろぺろと唇のまわりを瑠璃が舐める。

その仕草にたまらなくなり、祐輔の方からキスしていった。舌を入れると、すぐに瑠璃が舌をからめてくる。すでに瑠璃の口の中からザーメンは無くなっていて、甘い唾液の味しかしなかった。

「うっん、うっんっ……うんっ」

甘い吐息をからませつつ、瑠璃がペニスを摑み、しごいてくる。

あらたな劣情の血が股間に集まり、ぐっぐっと太くなっていった。

「ああ、もうこんなに……次は、どこに出したいかしら」

と瑠璃が聞く。

「お、おま×こに、おま×こに出したいですっ」

「女性、はじめてなんでしょう。はじめてが私でいいのかしら」

「瑠璃さんがいいですっ、瑠璃さんじゃないとだめですっ」

「うそばっかり。でもうれしいわ」

瑠璃が少し離れた。妖しく潤んだ瞳で祐輔を見つめつつ、パンティに手を掛ける。

ああ、瑠璃が最後の一枚を脱ぐっ。脱いだら、おま×この入り口があらわれるんだっ。

祐輔は息を呑んで、瑠璃を見つめる。

瑠璃がパンティを下げていくと、足の狭間のデルタ地帯に恥部があらわれた。瑠璃の陰りは薄く、ヴィーナスの恥丘にひと握りのヘアーがあるだけだった。

すうっと通ったおんなの秘裂が、剝き出しとなっていた。

# 第三章　筆下ろしの一夜

## 1

祐輔は瑠璃の股間に釘付けとなっていた。

もちろん、生ヘアー、生割れ目を見るのは生まれてはじめてだった。

瑠璃のアンダーヘアーは手入れでもされているかのように、とても品よく生え揃っていた。しかも、おんなの縦筋は剥き出しだ。

その割れ目が、なんとも卑猥《ひわい》だった。

淫裂は閉じてはいるが、肉唇はわずかなほころびを見せている。ちょっとでも触れれば、鎌首を咥えるために、ぱっと開きそうな感じがする。

「ああ、そんなに珍しいかしら……」

「はじめてです」

「見るのも、はじめて……？」

「はい。もちろんリアルではじめてということです。ネットでは、飽きるくらいに見ていますから」

「ああ、そうね……で、どうかしら……私の……入り口は……」

瑠璃は羞恥《しゅうち》の息を吐いてはいたが、隠すことはしなかった。生まれたままのすべてを祐輔の視線に晒し続けている。

晩飯をご馳走してくれた童貞に対するサービスというのもあるだろうが、瑠璃自身、異性の目に一糸まとわぬ姿を晒すことに、女としての喜びを感じているように見えた。亡くなった夫から解放されたい、という願いが、こめられているようにも思える。

「ああ、綺麗です……」

「綺麗かしら……」

「い、いや、その……あの、え、エロい、です……すごくエロいです」

「ああ、そうなのね……私の入り口って、エッチなのね」

「エッチじゃないんです。エロいんです」

「え、エロい……ああ……」

「あっ、ちょっと開きましたっ」

瑠璃自身がエロいと口にした瞬間、じわっと秘裂が開いたのだ。それはほんのわずかだったが、それでもそそった。

「えっ、そ、そうなの……ああ、きっと欲しがっているのね、それを」

とはやくもびんびんになっているペニスを、瑠璃が熱い瞳で見つめてくる。

「あ、あの……おねがいがあります」

「なにかしら」

「あの……おま×こ、見ていいですか」

「ああ……中を見たいのね……」

「見たいですっ」

「いいわ……」

と瑠璃が言う。その声は甘くかすれている。

「あの、そこにいいですか」

とランタンの隣に立つように言った。

「ああ、ランタンの炎を、私の裸に当てるのね」

「はい……」

「ああ、エッチね……ああ、いいわ……」

瑠璃は言われるまま、切り株の前に置かれたランタンの隣に立つ。

が、ランタンは地面に置かれているため、立っている瑠璃の割れ目には明かりが届かない。

「あの、持ってもらえますか」

「ランタンを、持つの……」

はい、とうなずくと、

「おま×こに……当てるのね」

瑠璃は真っ赤になっている。鎖骨まで色づいている。当たり前だが、かなり恥ずかしいのだ。でも、裸体を晒したままでいる。

瑠璃はランタンの取っ手を手にすると、持ち上げた。すると、恥毛に飾られた股間が、炎に浮かび上がる。

「ああ、すごい……」

ほころびかけている割れ目がランタンの炎を受けて、よりエロティックに映えている。

「あ、ああ……恥ずかしい……」

瑠璃が羞恥の息を吐き、あぶらの乗った太腿と太腿をすり合わせる。

「あ、あの……」

「触っていいわ……ああ、中を見たいんでしょう」

はい、とうなずき、祐輔は熟女未亡人の割れ目に指を添える。それだけで、はあっと瑠璃が火の息を洩らす。パンティを脱ぎ、全裸を晒してから、全身がさらに感じやすくなっているようだ。

すぐに開きたかったが、ぐっと我慢して、割れ目をなぞってみる。するとまた、

「はあっんっ」

と瑠璃が悩ましい吐息を洩らす。

裸体がくねり、ランタンの炎も動く。

「ああ、見たいのなら……ああ、はやくおねがい……」

じれてきた熟女未亡人がそう言う。

ここではじめて、祐輔は主導権を握った気がした。もう少しじらすか、と割れ目をなぞり続ける。

「あんっ、じらさないで……ああ、瑠璃のおま×こ、見たいんでしょう。見たいのなら、はやく開いて」

なぞり続けている割れ目がじわっと開きはじめる。

「勝手に、開きはじめました」

「うそ……」

割れ目の中から、真っ赤な粘膜がちらりとのぞいた。

もうだめだった。もう我慢出来なかった。祐輔は割れ目をぐっと開いた。

熟女未亡人の花びらが開陳した。それは真っ赤に充血し、大量の愛液を湛《たた》えている。

それと同時に、むっと牝《めす》の匂いを発散させてくる。

はじめて嗅ぐおま×この匂いに、祐輔はくらっとなる。

牡を惑わせる匂いに引き寄せられ、顔面を花びらに押しつけていく。考えるより前に、身体がそう動いていた。

鼻がぬらりとした粘膜に包まれる。

「あっ……」

祐輔はそのまま鼻をぐりぐりと押しつける。

「ああっ、あああっ……」

それだけで、瑠璃ががくがくと下半身を震わせる。

祐輔は顔を引き上げ、あらためて、熟女未亡人のおま×こを見る。

当たり前だが、それは生きていた。幾重《いくえ》にも連《つら》なったおんなの襞《ひだ》が蠢《うごめ》いている。それはどう見ても誘い、欲しがっていた。

「ああ、どうかしら……私のおま×こ……」

「エロいです。物凄くエロいです。こんな穴を持っていながら、日常生活を送っているんですね」

「ああ、そうよ……こんな穴を抱えて、ああ、ずっと生きているの……」

祐輔は人差し指を入れていった。見ていると、なにか入れたくなったのだ。もちろんち×ぽを入れたいが、そうなると、おま×こをよく見ることが出来なくなる。

もうしばらく、瑠璃の花びらを観賞したかった。

指にねっとりと肉の襞がからみついてくる。熟女未亡人の媚肉《びにく》は熱かった。奥へと指を入れると、締まりがきつくなってくる。

「あ、ああ……ああ……あんっ……」

奥に入れると、ぴくぴくとした腰の動きが止まらなくなる。

「い、一本だけじゃ……いや……」

と瑠璃が鼻にかかった声でそうおねだりする。

祐輔はリクエストに応え、中指も入れていく。

「はあっ、ああっ……掻《か》き回してっ、ああ、瑠璃のおま×こ、掻き回してっ」

さらなるリクエストに応え、祐輔は二本の指で媚肉を掻き回していく。

「ああっ、ああっ、いいっ」

ぴちゃぴちゃとエッチな音を立てつつ、瑠璃が叫ぶ。雨音だけが聞こえる、静かなキャンプ場に瑠璃の歓喜の声が吸い込まれていく。

ソロキャンパーの祐輔はいつも、人目につかない奥の方にテントを張っていた。だから、いくら瑠璃が歓喜の声をあげても、大丈夫なはずだ。

激しく二本の指で責めていると、瑠璃のおま×こが、きゅきゅっと締まってくる。指だからいいが、この締まりに童貞ち×ぽが耐えられるだろうか。すでに一発出しているとはいえ、入れて即出しそうな気がする。

「ああっ、ああっ、ああっ……いきそうっ、ああ、もういきそうなのっ」

そうなのか。俺の指責めでいくのか、瑠璃っ。

祐輔はあらたな我慢汁を垂らしつつ、瑠璃を責め続ける。が、ふいに瑠璃の方から腰を引いた。

愛液でぬらぬらの二本の指が、媚肉から抜け出た。

瑠璃ははあはあ、と荒い息を吐きつつ、ランタンを持ったましゃがみこんだ。

「ああ、いきそうになったわ……」

なじるように見つめつつ、瑠璃が唇を押しつけてきて、すぐにまたベロチューになる。舌をからめつつ、鎌首を撫でてくる。

「うっ、ううっ……」

この鎌首撫でが効くのだ、と祐輔は腰をくねくねさせた。

そうだっ、こっちからも責め返すんだっ、と舌をからめたまま、二本の指をずぶりと媚肉に入れていく。そしてすぐさま前後に動かしていく。

「ああっ、だめだめっ……」

唇を離し、瑠璃が甲高い声をあげる。鎌首撫では続けたままだ。

「ああ、それだめ、だめですっ」

と祐輔も甲高い声をあげてしまう。またも出そうだ。いやだ、次はおま×こだっ。

今夜、童貞を卒業するのだっ。

「いきそうっ、ああ、いきそうっ」

と叫びつつ、瑠璃が胴体を激しくしごきはじめる。鎌首撫でとのダブル責めで、祐輔は変になりそうになる。

「あ、ああっ、ああっ」

瑠璃が今にもいきそうになった時、祐輔はつい、瑠璃の裸体を押しのけてしまった。

## 2

瑠璃がバランスを崩し、タープからよろめき出た。熟《う》れた裸体に雨が掛かる。

「すいませんっ」

と祐輔はあわてて、瑠璃の腕を掴み、タープの中に引き寄せた。

雨脚はさらに強くなっていて、ちょっと出ただけでも、髪や乳房が濡れている。

「今、射精しそうになったんでしょう」

と瑠璃が言い当てる。

「すいません。もう、手には出したくなくて」

瑠璃はちゅっとキスすると、ランタンを持ったまま中腰になり、テントの中へと入っていった。

こちらに向けてむちむちの双臀《そうでん》が突き出され、祐輔は生唾《なまつば》を飲んだ。

テントにはシートの上に寝袋があるだけだ。瑠璃がこちらに尻を向けたまま寝袋を広げて、頭の位置にランタンを置く。

すると、テントの中がランタンの光に包まれ、瑠璃の白い裸体が明るく染まった。

「ああ、瑠璃さんっ」

祐輔は背後から瑠璃に抱きついていった。

「あんっ、だめ……」

瑠璃は寝袋の上で四つん這いの格好になる。

四つん這いの瑠璃の裸体を背後から抱きしめ、そのまま乳房を鷲掴みにする。垂れている膨らみを下から掬い上げ、こねるように揉んでいく。

「あっ、ああっ……」

瑠璃ががくがくと四つん這いの裸体を震わせる。剝き出しの肌からは、甘い汗の匂いが立ちのぼりはじめている。

「このまま、入れていいですか」

「いいわ……入れて……」

と瑠璃が甘くかすれた声で、そう言う。

祐輔は上体を起こすと、あらためて、瑠璃を見下ろす。四つん這いでこちらに尻を突き出しているかっこうだ。

初体験がバックからでいいのか、とふと思ったが、入れたい、と思った時に入れるのがいいと決めた。

尻たぼを掴み、ぐっと開く。すると、小指の先のような小さな穴が、祐輔の視界に飛び込んできた。

これはなんだ。えっ、これって、尻の穴か。排泄器官《はいせつ》か。

「信じられない……」

と思わず、つぶやく。

「ああ、お尻の穴、見ているのね」

と瑠璃が言う。

「わ、わかるんですか……」

「感じるから……ああ、祐輔さんの視線を、お尻の穴にすごく感じるから……」

菊の蕾《つぼみ》のような窄《すぼ》まりが、きゅきゅっと収縮を見せた。

「ああ、こ、ここ……舐めていいですか」

「ああん、そんなところも、舐めたいの？」

「舐めたいですっ」

これまで女性の尻の穴には格段興味があるわけではなかったが、瑠璃の菊の蕾を目にした途端、口をつけて舌で触れたい、という気持ちが湧き上がってきて、それを抑《おさ》えることが出来なくなっていた。

「いいわ……祐輔さんの好きにして……」

好きにして、という言葉に感動する。女性の口から出る言葉では、最高のものじゃないだろうか。

好きにさせて頂きます、と祐輔はさらに尻たぼを開くと、顔を狭間《はざま》に埋めていく。

そして尻の穴に、ちゅっとキスをした。するとたったそれだけで、

「あんっ……」

と瑠璃が甘い声をあげる。たいした反応はないと思っていた祐輔は驚いた。

さらにちゅちゅっとキスしていると、

「ああ、じらさないで……舐めたいんでしょう……舐めて。瑠璃のお尻の穴、舐めて、祐輔さん」

と鼻にかかった声でリクエストしてくる。

祐輔は舌を出すと、ぺろりと菊の蕾を舐めていった。排泄器官だからといって、ためらいはまったくない。むしろ、瑠璃の排泄器官だから、舐めたいと思った。

「あああっ、それっ」

想像以上の敏感な反応に煽られ、祐輔は舌腹に力を入れて、べろべろと舐めていく。

すると、

「あんっ、やんっ、あん、やんっ」

瑠璃がぶるるぶるっと双臀をうねらせはじめる。さらにぐぐっと尻を差し上げてくる。

「う、うう……」

熟女未亡人の尻圧に、祐輔は圧倒される。

「尻の穴も感じるんですね」

「女って、すべてで感じるの」

「そ、そうなんですか」

今舐めたばかりの尻の穴が、きゅきゅきゅっと誘うように動いている。ふと、この穴に入れたくなる。

いや、初体験が尻の穴はないだろう。そもそも、俺の鎌首が入るのか。いや、瑠璃もこっちは処女だろう。いきなりは入らないのではないか。

「ああ、今、入れたいって思っているでしょう」

「え、どうして、わかるんですか」

「ああ、わかるわ……今、お尻の穴に、すごい視線の熱を感じたから……入れたいんだろうなって」

瑠璃に気持ちが伝わるほど、俺は熱が入った目で見ていたのか。童貞熱というやつか。が、それももうすぐお終《しま》いだ。

「あ、あの……」

「だめよ……だって、そっちは処女だから……」

と瑠璃が言う。

「処女、ですか……」

「童貞さんは処女の穴がいいかしら」

と言って、瑠璃が首をねじって、こちらを見つめてくる。瑠璃は発情していた。瞳は妖しく潤み、唇は半開きだ。

「やっぱりおま×こに入れたいです。瑠璃さんのお尻の穴があまりに素敵で、ちょっと気が迷っただけです」

「ああ、うれしいわ……」

また、尻の穴がひくついている。

見ていると、鎌首を押しつけたくなる。だが、小指の先ほどの処女穴に、童貞ち×ぽが入るわけがない。

祐輔は下にある入り口を見る。割れ目がもろに見えている。思えば、バックからの方が入れやすい気がする。

割れ目はすでにほころび、深紅の粘膜をのぞかせている。

祐輔は我慢汁まみれの鎌首を蟻《あり》の門渡《とわた》りに当てる。はあっ、と瑠璃が火の息を洩らした。

そのまま鎌首を進める。すぐに入り口に到達する。

ああ、ついに、三十年間守ってきた童貞を卒業するんだっ。まさか、こんな状況で、こんな形で男になるとは想像もしていなかった。

「ああ、じらさないで……ひと思いに、ください」

と瑠璃が甘い声でそう言う。もちろん、じらしているわけではない。童貞卒業を目前にして、感慨《かんがい》に浸っていたのだ。

「入れます……」

そう言うと、祐輔は鎌首をめりこませようとした。

が、入らなかった。ぬらり、と割れ目の外に押し出される。もう一度、割れ目を突く。が、今度はそもそもめりこまず、またも割れ目の横にずれた。

「あんっ、じらさないで……」

瑠璃が掲げたままの双臀を、切なさそうにくねらせはじめる。

すると女陰が動き、的を絞りづらくなる。

祐輔は尻たぼをぐっと摑み、あらためて鎌首を割れ目に沿わせると、そのままめりこませるように、腰を出した。

## 3

すると今度は、いきなりずぶりと入った。

と祐輔の方が声をあげていた。ずぶずぶとペニスがめりこみ、燃えるような粘膜に包まれる。

「あっ」

ああ、これがおま×こっ、これがリアルおま×こだっ。

女性の身体に興味を持ってから、もう何億回と想像していたおま×こに、今、祐輔のペニスは包まれていた。

「ああ、もっと、奥まで」

と瑠璃に言われ、はいっ、とぐぐっと突き刺していく。肉の襞を鎌首がえぐり、進んでいく。

「ああっ、硬いっ……」

瑠璃が叫び、ペニスを呑み込んだ双臀をさらに差し上げてくる。すると、奥までペニスがめりこみ、先端から付け根までぬらぬらの媚肉に包まれた。

ただ包まれているだけではない。締めてきていた。鎌首をくいくいっと締め上げてきていた。

「あ、ああっ……瑠璃さん……おま×こ、動いてます」

「ああ、締めているのよ……ああ、すごくたくましいわ」

「ああ、瑠璃さんっ！」

ただ入れているだけでも、ち×ぽがとろけそうだった。このままでも射精までいきそうだ。

「突いて……ああ、たくましいおち×ぽで……ああ、瑠璃のおま×こ、突いて」

そうだ。突くんだ。俺のち×ぽで、熟女未亡人をよがらせるんだっ。

祐輔は五本の指を尻たぼに食い込ませ、ペニスを引いていく。

「ああっ」

とまたも、祐輔の方が声をあげる。逆向きに鎌首のエラと裏筋が刺激を受けて、腰をくねらせる。

割れ目ぎりぎりまで引き上げると、すぐに埋め込んでいく。すると今度は、

「ああっ、いいっ」

と瑠璃が甲高い声をあげた。その声に煽られ、祐輔は抜き差しをはじめる。割れ目ぎりぎりまで引き、そしてずどんっとえぐる。

「あ、ああっ、ああっ」

ひと突きごとに、瑠璃の華奢《きゃしゃ》な背中が反ってくる。尻たぼには、えくぼが出来ていた。

エロ過ぎた。バックだと瑠璃のよがり顔は見られないが、征服感が強い。やっている感が強い。俺のち×ぽでよがらせている感が強い。

祐輔はずどんずどんと熟女未亡人のおま×こを突いていく。

「いい、いい、いいっ」

瑠璃が長い黒髪を振り乱し、歓喜の声をあげる。

ああ、これだっ、これがおま×こだっ。オナニーだとただただおのれの快感を追求するだけだったが、おま×こは相手の女性の喜びが、責めている男の喜びと興奮を呼ぶのだ。

瑠璃がいいっと叫べば、祐輔も心の中でいいっと叫んでいる。

「ああ、ああっ、いきそうっ、もう、いっちゃいそうっ」

　さっきまで寸止めだっただけに、瑠璃の熟れ熟れの身体は、はやくも頂点に迫っているようだ。

「ああ、僕も、また、ああ、また出そうですっ」

　おま×この締め付けが強烈になり、突きの力強さが鈍っていく。それに、まだ出したくないという気持ちもあった。

「あんっ、だめだめっ、もっと強くっ、もう寸止めはいやなのっ」

　だめ、と言いながら、おま×こできりきりと締めてくる。そうなると、突きがさらに鈍る。

「おま×こ、締めすぎですっ」

「知らないわっ……ああ、もっと強くっ……ああ、いかせてっ、瑠璃を、祐輔さんのおち×ぽでいかせてっ」

　熟女未亡人のおねだりに祐輔は応えようと、渾身《こんしん》の力を入れて、ずどんっとえぐっていく。

「ああっ、いきそうっ」

「僕も、僕も出そうですっ」

「だめっ、まだだめよっ」

「えっ……」

「出さないでいかせてっ」

どういうことなのか。バックでいって終わりではないということか。

やはり、フィニッシュは正常位か。祐輔も抱き合って、キスしあいながら、思いっきり出してみたい。それこそ、童貞卒業にぴったりのフィニッシュになるだろう。

ここは耐えるところだ。二発出したら、次、勃つかどうか自信がない。

「ああ、ああっ、いきそう、いきそうっ」

強烈に締まってくるおま×こを、祐輔は激しく突いていく。

「ダメダメ……ああ、ああっ、い、いく……いくいくっ」

瑠璃がいまわの声を叫んだ瞬間、祐輔の鎌首が切り落とされた。

冷静に考えればおま×こで切り落とすなどありえなかったが、強烈な締め付けに、先端がなくなった錯覚を感じた。

「おうっ！」

祐輔は雄叫《おたけ》びを上げていた。鎌首を切り落とされていたが、快感の雄叫びだった。

「いく、いいっ」

「おう、おう、おうっ！」

熟女未亡人のアクメの声を掻き消すかのように、祐輔は大声を上げつつ、はやくも二発めをぶちまけていた。

初のおま×こ、フィニッシュ。初の中出しだった。

「あう、うう……」

弓なりに反った瑠璃の裸体が、がくがくと痙攣《けいれん》している。

「ああ、ああ、やりましたっ、ああ、男になりましたっ」

まだ、瑠璃の中で脈動させたまま、祐輔は叫ぶ。

「はあ、ああ……素敵なおち×ぽだわ……祐輔さん」

「ありがとうございますっ。瑠璃さんのおま×こも最高です」

「あうっ、うん……」

ようやく、脈動が収まった。

祐輔が抜こうとすると、

「そのままでいて」

と瑠璃が言う。そして、後ろから突き刺されたまま、広げた寝袋に突っ伏していく。

祐輔も繋《つな》がったまま、上体を倒していく。汗ばんだ瑠璃の背中に重なる。

すると瑠璃が細長い首をねじまげ、こちらを見上げてきた。

アクメの余韻の中の熟女未亡人は震えがくるほどエロかった。おま×この中で、ぴくぴくとペニスが動く。すると、

「あんっ……」

と瑠璃が甘い吐息を洩らし、キスを求めてきた。

祐輔は重なったまま、瑠璃と口を重ねる。瑠璃が火の息を吹き込みながら、ねっとりと舌をからませてくる。いかせてくれた感謝を舌の動きに感じる。

下では繋がったまま、上の口を合わせていると、一体感が強くなる。やったんだ。俺は男になったんだ、という感情が強くわき上がってくる。

舌をからめていると、半萎えになったペニスが瑠璃のおま×こから抜け出た。

すると、瑠璃が唇を引いた。

「膝立ちになって」

と瑠璃が言う。祐輔は言われるまま、上体を起こし、テントの中で膝立ちになる。うつ伏せになっていた瑠璃も起き上がった。こちらを向く。

「全部、脱いで」

と言われ、祐輔はポロシャツとTシャツを頭から抜く。

瑠璃が祐輔の股間に上気させた美貌を埋めてきた。

「あっ、瑠璃さんっ」

ザーメンと愛液にまみれたペニスが、瞬く間に熟女未亡人の口に包まれた。

「あ、ああっ」

くすぐった気持ちいいというのだろうか。出したばかりのペニスを吸われ、祐輔はもぞもぞと下半身を動かす。

「ああ、美味しいわ。おま×この中に入っていたおち×ぽは格別の味がするの」

「そ、そうなんですか……」

「もう、こんなに戻ってきたわね。たくましいのね、祐輔さん」

瑠璃の口から出てきたペニスは、確かに七分ほど勃起が戻っていた。こちこちではないが、かなり硬くなってきている。

ザーメンも愛液も綺麗に唾液に塗り替えられている。

「もう一回、出来そうね」

「い、いいんですか」

「私がはじめての女になるんでしょう」

「はい」

「じゃあ、一生忘れない、いい思い出にしてあげないと」

そう言うと、瑠璃は再び、祐輔の股間に美貌を埋めてくる。また、ペニスが口の粘膜に包まれる。鎌首、胴体と呑み込まれていく。

「あ、ああ……瑠璃さん……」

はじめての女性が瑠璃で良かった、と心から思う。

最初、手に出しても嫌な顔ひとつせず、バックで中出しを受け、そしてまた、フェラで大きくさせようとしている。

今度は正常位だ。抱き合って、キスしながら、出すんだっ。

「う、ううっ」

瑠璃が苦しそうにうめき、美貌を引く。弾けるように唾液まみれのペニスがあらわれる。

「すごいわ……やっぱり、ずっと溜まっていたのね」

「はい。溜まっていました」

うふふ、と瑠璃は笑い、寝袋に仰向《あおむ》けになっていく。

ランタンの炎に、上気した美貌、たわわな乳房、下腹の割れ目、そして、あぶらの乗った太腿が染まり、揺れている。

「ああ、綺麗です、瑠璃さん」

ランタンの炎自体がエロティックなものだとずっと思っていたが、それを受けた女性の裸体こそがエロ美の極致なのだと感じた。

横たわった熟女未亡人の裸体を見ているだけで、反り返りの角度が上がっていく。

「うれしい……私を見て、そんなにさせているのね」

瑠璃はうっとりとした瞳で、反り返る祐輔のペニスを見上げている。

勃起させて、こんなにも喜ばれるとは、思いもしなかった。

祐輔は腰を下ろした。ぴたっと合わさっている太腿を摑み、開いていく。そして、間に腰を入れていく。

タープから雨の音が聞こえてくる。今夜は、この音を聞きつつ、一人眠りにつく予定でいた。まさか、女性とふたりで、このテントの中で過ごすことになるとは。

この雨に感謝しなければならない。

瑠璃の割れ目はずっと剝き出しのままだ。すでに閉じているが、割れ目にはあふれたザーメンがついていた。

そこに鎌首を当てていく。すると、瑠璃が両腕を伸ばしてきた。来て、という合図《あいず》だ。

祐輔は鎌首を当てたまま、上体を倒していく。瑠璃が二の腕を掴んできた。乳房を胸板で押し潰しつつ、顔を寄せていくと、瑠璃の方から唇を押しつけてきた。すぐさま、ぬらりと舌が入ってくる。

はやくも、ベロチューしつつの挿入のチャンスがきたっ。

ねちゃねちゃと舌をからませつつ、祐輔は割れ目に当てていた鎌首を押していく。的を見ないでの挿入だ。バックで童貞を卒業した男には、かなり高度な技術を要求されると言えよう。

案の定、的を外した。外れた鎌首で、クリトリスを突いてしまう。すると、ううっ、と火の息を吹きかけ、いきなり背中を反らしてくる。

一度いったことで、瑠璃のからだはますます鋭敏になっているようだ。

祐輔はそのまま、鎌首でクリトリスを突いていく。

「あっ、ああっ、それっ……ああっ」

唇を離した瑠璃が甲高い声をあげ、下半身をくねらせる。動くクリトリスを追うように、鎌首で責めていく。

祐輔は上体を起こした。たわわな膨らみを鷲掴む。こねるように揉んでいく。

「ああっ、それもっ、ああ、いい、クリも……あああ、おっぱいも気持ちいいのっ」

瑠璃が潤んだ瞳で祐輔を見上げてくる。

その眼差しに、全身の血が昂ぶる。バックもそそったが、やっぱり美人相手だとよがり泣く表情を見るのが興奮する。すでに二発出していたが、祐輔のペニスはこちこちになっていた。

もっと感じる顔を見たい、と乳房を強く揉んでいく。すると瑠璃の方から、

「入れて、ああ、もう欲しいっ」

と股間をせり上げてきた。

祐輔が矛先をクリトリスから下げるなり、瑠璃の割れ目の方から食らいついてきた。

あっと思った時には、鎌首が燃えるようなおんなの粘膜に包まれていた。

「すごいっ」

とうなっている間に、瑠璃の中にどんどんとペニスが入っていった。正常位でこちら主導で結合を果たすつもりが、熟女未亡人に咥えこまれていた。

「ああ、キスして」

下の穴で咥えこんだ瑠璃が、上の口も塞いでと言ってくる。

祐輔はこちらからも、ぐぐっと埋め込んでいく。

「あぁっ、いいっ」

瑠璃の背中がさらに反る。一気に奥まで串刺しにすると、上の口も塞ぐべく、あらためて身体を倒していく。

上の口も重なった。舌が入ってくると同時に、下の穴がきゅきゅっと締まってくる。

「う、うう……」

はやくも、祐輔がうめく。

「ああ、突いて、たくさん突いて」

祐輔はうなずき、今度は杭を打ち込むかのように、上から下へとペニスを動かしていく。

「あっ、ああっ、ああっ……ああっ」

ひと打ち込みごとに、瑠璃のあごが反り、乳房が揺れる。眉間の縦皺が深くなっていく。

やはり、顔は変化するため、どれぐらい感じているのか、視覚的にわかりやすい。

祐輔はおま×こに打ち込みながら、ち×ぽ一本でこんな美人を泣かせているんだ、というあらたな征服感に包まれる。

瑠璃は三突きに一度は目を開いてきた。美しい黒目が、突くたびに潤んでいくのがわかる。

「硬いっ、ああ、ずっと硬いのっ」

瑠璃が火の息を吐くようにそう言う。

「ああ、瑠璃さんのおま×こ、ずっと締めてます。ずっと気持ちいいです」

「もっと深く突いて」

と瑠璃が言う。もっと深く？　どうすればいいのか。

「足を抱えて、折りながら突いて」

なるほど、と祐輔は身体の向きを少し変え、瑠璃の太腿を抱えこんだ。すると、突き刺しの角度が変わる。

「あうっ、うう……」

そのまま、乳房に押しつけるように祐輔が身体を倒していくと、さらに深くち×ぽが瑠璃の胎内を貫いた。

「いいっ……そのままぶちこんでっ」

はいっ、と彼女の両足を抱え持ったたまま、ほぼ真上から肉の楔《くさび》を打ち込んでいく。

「う、ううっ、いい、いい……いいっ」

瑠璃の美貌が歪《ゆが》む。歪んでいるのに、エロい。

瑠璃のよがり顔に全身の血を沸騰させながら、ひたすら楔をぶちこんでいく。

「あ、あぁっ、また、い、いきそう……」

と言った次の瞬間、

「いくうっ！」

と叫び、瑠璃は折り曲げられていた、両足を跳ねるように動かした。

足で蹴り上げられるかっこうになり、あっ、と祐輔は背後によろめいた。抜けたペニスは愛液でぬらぬらだ。

## 4

瑠璃が上体を起こした。そして、膝立ちの祐輔に抱きつき、キスしつつ押し倒してくる。

今度は祐輔が仰向けに横たわった。見上げると、瑠璃が女豹《めひょう》のような目で見下ろしている。祐輔の股間をあぶらの乗った太腿で跨ぐと、天を衝《つ》いたままのペニスを逆手で掴み、腰を下げた。

「あっ、あぁあっ……いいっ」

今度は女性上位か。バック、正常位、屈曲位、そして、女性上位。

初体験から、体位のオンパレードだ。

熟女未亡人の割れ目が開いた。ぱくっと鎌首を咥えてくる様《さま》がはっきりと見える。

あっと思った時には呑み込まれていた。瞬く間に、ペニスが割れ目の中に吸い込まれていく。

「ああっ、ずっと硬いわ……ああ、硬くない時がないくらいね、祐輔さん」

根元まですべて咥えこむと、瑠璃が腰を動かしはじめる。クリトリスを押しつけるようにして、のの字にうねらせていく。

「あっ、ああ……あああっ」

かなり強くクリトリスをこすりつけ、瑠璃は火の喘ぎを洩らしている。

「ああ、じっとしていないで、突いて」

瑠璃の乳房と美貌に見惚れていた祐輔は、そうだ、と突きあげはじめる。

今度は垂直に突き上げる感じだ。

「あうっ、うんっ……」

瑠璃の背中が反っていく。乳房の底が持ち上がり、見事な曲線美を下から堪能《たんのう》出来た。

女性の身体はどこから見てもそそるものだ、とあらためて感じる。バックの時の尻、正常位の時の眉間の縦皺、女性上位の時の乳房の底。

どれも美しく、どれも興奮する。

「ああ、突いて、もっと突いてっ」

自ら腰をうねらせながら、さらなる刺激を求める。

熟女未亡人という生き物は、なんて貪欲なんだ、と圧倒される。初体験が濃厚過ぎて、次から物足りなくならないか、心配なほどだ。

次……。俺に次などあるのだろうか。あっても、ずっと先のような気がする。

これから先、まったく無しだったらつらい。童貞の時はエッチは想像するだけだったが、今はおま×この良さ、女体の素晴らしさを体感してしまったのだ。

この快感をまた十年くらいお預けされたら、発狂しそうだ。

とにかく今だっ。今、俺のち×ぽはおま×こに包まれているんだ。突けば、よがり声が聞こえるんだ。

このエッチを大事にしないと。

祐輔は瑠璃のくびれた腰を摑むと、反動をつけて突き上げはじめる。ひと突きごとに、乳房が上下左右に弾む。

「あっ、いい、いいっ……ああ、すごいわっ、祐輔さんっ……ああ、本当に童貞だったのかしらっ」

「童貞でした。瑠璃さんのおま×こで、男になりました。ありがとうございますっ」

と心からお礼を言いつつ、下から力強く突き上げていく。

「ああ、ああっ、いい、素敵っ……」

よがる瑠璃と弾む乳房を見上げていたら、祐輔はみたび出しそうになってきた。

「ああっ、出そうなのね」

おま×こでペニスの変化を敏感に察知した熟女未亡人が、そう聞いてくる。

「はいっ、出そうですっ」

「今度はいっしょに……ああ、いっしょにいきましょうっ」

いっしょにいく。これぞエッチだ。相手がいればこそ出来ることだ。

「はいっ、いっしょにいきますっ」

「いかせて、ああ、瑠璃をまた、祐輔さんのおち×ぽでいかせてくださいっ」

「いかせますっ」

祐輔は腰のバネを使って、突きまくる。明日はきっと腰痛になっているだろう。が、次にいつ腰を使う機会があるか、わからないのだ。今だ。今、使いまくるのだっ。

「あ、ああっ、いきそう……ああ、いきそうっ！」

「僕も、ああ、僕もいきそうですっ」

「いっしょにっ……祐輔さんっ、瑠璃といっしょにっ」

「はいっ、いっしょにいきますっ」

祐輔はとどめを刺すべく、渾身の力を込めて、突き上げた。

子宮をぶち抜くかのように、鎌首が直撃した。

「あっ、い、いく……いく、いくっ」

いまわの声をあげると同時に、瑠璃のおま×こが、万力《まんりき》のように締まった。

「おうっ、いくいくっ」

と祐輔も女のような声をあげて、今夜三発目になる白濁を、熟女未亡人の子宮めがけて噴き上げた。

「ああ、いくいく……いくいく……」

精汁を浴びるたびに、瑠璃がいまわの声を上げ、腰に乗った裸体をがくがくと痙攣させた。背中をピンと伸ばし、あごを反らせている。

しばらくその状態で痙攣させると、瑠璃がくたりと崩折れてきた。火の息が祐輔の顔に掛かったかと思ったら、ぬらりと口に舌が入ってくる。

祐輔はなおも射精を続けつつ、瑠璃と濃厚なベロチューに耽《ふけ》った。

「ああ、ありがとう、祐輔さん。これで主人のこと、吹っ切れそうよ」

「お礼を言うのは、僕の方です。はじめての女性が瑠璃さんで本当に良かったです」

お互い感謝の思いを伝えつつ、二人は余韻を伝え合うキスをし続けた。

気がついたら、雨は止んでいた。

## 5

祐輔は目を覚ますと、時計を見た。もう朝の八時をまわっている。

キャンプの朝はたいてい、日の出と共に起きている。こんな時間まで寝るなんて、はじめてのことだった。

テントの中に瑠璃の姿はない。二発中出しした後、雨が上がったこともあり、昨夜のうちに瑠璃は自分のテントに戻っていったのだ。

「あっ、また……」

連絡先を聞き忘れていたことに気づいたが、瑠璃の場合はもともと昨晩だけの関係なんだ、と思い直した。

きっと瑠璃の方も昨晩だけのつもりだったから、自分の身体を解放したのだろう。

いってみれば、行きずりの男を相手にして、亡き夫への思いを吹っ切ったのだ。

連絡先を聞くなんて野暮《やぼ》だ。でも、あれで終わりなのは、やっぱり残念だ。

祐輔は寝袋から出ると、そばを流れる小川へと向かう。ひと晩で三発も出したから か、腰がだるい。幸い腰痛にはなっていなかった。

小川の水で顔を洗い、歯を磨《みが》く。すると、ぼうっとしていた頭と身体がしゃきっと してきた。

頭がはっきりすると、股間がむずむずしてくる。

昨晩のエッチで、瑠璃の中に出した瞬間を思い出すと、一気に勃起した。

「ああ、やっぱり連絡先を聞いておけば良かった……」

と思わず口に出しながら、テントに戻ると、テントのそばの石に、瑠璃が座ってい るではないか。ポロシャツにジーンズという、ラフな姿だ。

「おはよう、祐輔さん」

目が合うと、瑠璃がはにかむような笑顔を見せる。この瞬間、熟女未亡人が十代の 乙女のように見えた。

「あ、お、おはようございますっ」

祐輔は挨拶を返しつつ、美熟女へと駆け寄っていく。ぱんぱんのブリーフに鎌首がこすれ、腰がふにゃりとなる。

「あら、どうしたの」

心配した瑠璃が駆け寄ってくる。ポロシャツにおさまった巨乳が上下に動く。それを見て、さらに硬くした。

「いや、なんでもないです……」

大丈夫？　と言いつつ、瑠璃が股間に手を伸ばしてきた。コットンパンツ越しに、むんずと摑まれる。

「あっ……」

「やっぱり、ここね」

と言いつつ、摑んだまま、上下に動かしてくる。

「あっ、ああ……」

「私を見て、大きくさせたのかしら。それともエッチなことを思い出したのかしら」

「あ、ああ、両方ですっ」

「朝から元気なのね」

「すいません……」

瑠璃が手を引いた。

「朝ご飯、作ったの。まあ、パンを焼いただけだけど、昨晩のお礼にどうかしら」

「頂きますっ」

私のテントへどうぞ、と言われ、瑠璃が手を繋いでくる。それだけで、ドキンとする。なにせ、年齢＝彼女いない歴ゆえ、手を繋ぐという行為自体がかなりのイベントになっているのだ。

ましてや、もう会えないと思っていた女性だ。

昨晩二発も中出したとはいえ、手を繋いだだけでドキドキするのも当然だった。

瑠璃のテントでは焚き火が焚かれていた。そばに皿が置かれていて、焼いたパンが載っていた。

「これからスープを温めるから」

と言って、小さな鍋に、タッパーに入れた自家製スープを流し入れる。

「昨日、餃子で大丈夫でしたか？」

と思わず聞いてしまう。昨晩の夕食も手作りのものを用意してきたようだったからだ。

「すごく美味しかったわ」

祐輔の目を美しい黒目でじっと見つめ、瑠璃がそう言った。

ち×ぽが美味しかったと言われたような気がして、ブリーフの中でペニスがひくつく。

ふたり並んで焚き火の前に座る。すぐにスープは温まり、瑠璃がカップに入れて、渡してくれる。。頂きます、とスープを飲む。

「ああ、美味しいです「キャンプでスープなんて、はじめてです」

「そう。主人とのキャンプの時は、朝、いつも飲んでいたの」

焚き火の炎を見つめる横顔は寂しそうだ。

昨晩、祐輔のち×ぽでいきまくっていたが、やはり寂しさはそんなに急に癒《いや》されるものではないのだろうか。

「これにつけてパンを食べると、美味しいのよ」

と言われ、祐輔は焼いたパンをちぎってスープに浸し、そして食べる。

「美味しいです」

良かった、と瑠璃が微笑《ほほえ》む。

祐輔は連絡先を聞こうかどうか、ずっと迷っていた。聞くのは野暮だ。昨晩だけだから、瑠璃は燃えたんじゃないのか。いや、昨晩の興奮をまた再現したいはずだ。

「私、九州に帰ろうと思っています」

焚き火の炎を見つめたまま、瑠璃がそう言った。

「九州、ですか……」

「実家が九州で、ちょっとした商売をやっているんです。両親には帰ってきて手伝ってくれ、って言われていて……。決心をつけるためのキャンプでもあったんです」

「そうなんですか」

瑠璃が祐輔を見つめてきた。

「ありがとう。祐輔さんのおち×ぽ、忘れないから」

「僕もです……」

結局、連絡先は聞けずじまいではあったが、これで良かった、と思った。

# 第四章　ノーブラ巨乳美人と寝袋に

## 1

初冬。高島祐輔は有給を取って、奥多摩のMキャンプ場に来ていた。

冬が近いシーズンになると、キャンプ場も来る人が少なくなり、ソロキャンプには絶好の季節となる。

祐輔はサイトの中を奥へと向かう。木々は皆葉を落とし、落ち葉を踏む音が静かな山間《やまあい》に鳴っている。

今回はここに来る途中、知り合いの店に寄ってスウェーデントーチを買っていた。スウェーデントーチは、いくつも縦に切り込みを入れた丸太の中央で火を起こす、独特の焚き火だ。切り込みから燃え上がる炎は迫力があり、祐輔はこの奥多摩のキャンプ場に来る時には、いつも持ち込んでいた。

「ちょっと広めの場所がいいかな」

けっこうな炎が上がるから、そばになにもない方が安全だ。

ちょうど木の間隔が空いている場所があった。そこにスウェーデントーチを置き、それを眺められる場所にテントを張ることにした。

今回のテントはパップテントだ。厚手の綿生地の丈夫なテントで、そもそも軍用のものらしい。

祐輔の持っているものは、テント内の地面の部分が剥き出しのタイプで、寝るときは寝袋を地面に置くことになる。野営感やミリタリー感にあふれていて、あえて冬に、このワイルドなテントで眠るのが楽しみなのだった。

ペグを打ち込み、テントを設置してゆく。

そうしながら、祐輔は先週末のことを思い浮かべた。

祐輔は週末はいつも、アウトドアショップに出かけている。キャンプグッズを見るためもあったが、それよりも、もしかしたら美波に会えるかもしれない、という淡い期待があった。

初夏に美波とキャンプ場で出会い、淫らにまさぐりあって、精子を暴発させてからずっと、週末は美波の姿を求めて、都内のアウトドアショップを彷徨《さまよ》っていた。
もう半年以上、祐輔は美波の姿を探しているのだが、見掛けることはなかった。
が、ついに先週末、東京郊外のアウトレットショップで美波を見掛けたのだ。

そのキャンプグッズの店で、美波はテントを見ていた。展示されているパップテントの前にじっと立っていたのだ。

ニットのセーターにジーンズ姿で、胸元が高く張っている。それを見ただけで、祐輔は勃起させてしまっていた。

半年ぶりに見る美波はさらに美しく輝き、気軽に声を掛けられないオーラを感じさせていた。やはりキャンプ場で見る彼女とはまた違って見える。

しばらく祐輔は美波に見惚れていたが、声を掛けなくてはっ、と近寄ろうとした時、女性がふたり歩み寄ってきた。

ふたりは別の店で買い物をしたらしく、この店のものではない紙袋を持っている。

「なに探しているのー？」

ふたりは美波の友人のようだった。

「冬に使うテントを、ちょっとね」

「また、ソロキャンプ？」

「うん……」

と美波はうなずく。

「好きねえ。いいのは、あったの？」

「冬に使うパップテントが欲しいんだけど。ちょっとここのは違うかな」

「パップ……なに？」

「パップテント。軍が使う丈夫なテントなの」

そうだ。冬はパップテントだっ。

美波と好みが同じだと知り、胸がさらに高鳴った。

連れのふたりは、ふうん、と言って、お茶にしない？　と美波を誘う。

美波はパップテントを見ながら頷《うなず》いていたが、視線を感じたのか、ふいに祐輔の方を振り返った。

目が合ったと思った。美波がはっとした表情を浮かべたからだ。同時に、

「どうしたの？　行こうよ」

と友達が美波の手を摑み、ぐっと引いたので、美波の顔が見えにくくなる。

今だっ。ほらっ、声を掛けろっ。

だが美波は、友人に腕を引かれるままショップを出て行ってしまった。

祐輔はそれを見送るだけだった。美波がひとりだったら、声を掛けられていたと思う。だが友人がふたりもいた。そんな三人連れの前に、やあ、と声をかけてゆく勇気はなかった。

そもそも、キャンプ場で一度会っただけの男が友人の前で声をかけてきたら、美波が困惑するんじゃないか。そう思うと、身体が動かなかった。


「いい女だよな」

地面にペグを打ち込みつつ、祐輔はつぶやく。

今更ながら、後悔していた。やっぱり美波に声を掛けておけば、と何度思ったことだろうか。でも、やっぱり無理だろう、という気持ちも強かった。

テントを張ると、落ち葉を集めて剥き出しの地面に敷く。冬はなにより地面が冷える。それを少しでも緩和《かんわ》するため、落ち葉をベッド用に敷くのだ。そしてその上に、厚手のグランドシートを置いた。

パップテントのまわりにも落ち葉を集め、少しでも北風が入ってこないようにする。

冬の日暮れははやい。テントを張り終えると、さっそく薪拾いに出かけた。

薪を探して歩いていると、今度は初秋に出会った熟女未亡人を思い出す。瑠璃を思い出す時は、いきなり、よがり顔と汗ばんだ裸体が脳裏に浮かぶ。

瑠璃を思い出すと、いつも即勃起する。仕事中でも、ふと瑠璃のよがり顔が脳裏に浮かぶと、勃起させてしまい、あせる。

やはりエッチはいい。おま×こはいい。またおま×こしたい。あれから三ヶ月ほど過ぎていたが、もちろん、あれから女には縁《えん》がない。

エッチはあの夜、一度きりだ。中出しの二発きりだ。

また瑠璃のような女性と会えないか、と淡い期待を持ちつつ薪を拾っていたが、女性の影はまったくなかった。男のキャンパーすら見掛けない。

そもそも、そういう奥まった場所にテントを張っているから、当然なのだが。思えば、瑠璃と知り合い、しかもやれたのは奇跡だったのだ。そうそう同じことが起こるはずがなかった。

寒い季節は、すぐに日が暮れて暗くなる。スウェーデントーチの出番だ。

祐輔は枯れ葉に火を起こすと、丸太の十字の切れ込みに入れていく。

しばらく待つと丸太に日が燃え移り、炎が噴き上がった。メラメラと燃え上がり、かなりの迫力だ。

「おうっ、すごいぞっ」

何度見ても、丸太から燃え上がる炎は興奮する。

さっそくお湯を沸かしたいが、もうしばらく燃え上がる炎を見ていたい。

「わあっ、すごいっ」

ふいに右手から明るい声がした。見ると、三十前くらいの女性が近寄ってきている。

思わず祐輔は、おうっと唸《うな》った。かなりの美形だったからだ。女性はニットのセーターにコットンパンツ姿だった。

しかも女性は巨乳で、ニットのセーターの胸元が高く盛り上がっている。そこに、栗色のロングヘアーが掛かっていた。

「きれいっ。こんな焚き火もあるんですね」

と興奮した声をあげつつ、巨乳女性は携帯を取り出すと、ぱしゃぱしゃとスウェーデントーチを撮りはじめた。

「すごいですね。はじめて見ました」

祐輔に目を向けて、話しかけてくる。

「これ、なんとかトーチって言うんですよね」

「スウェーデントーチです」

「ああ、そうそう。あの、ちょっと撮ってもらえますか」

と言って、美形の女性が携帯を祐輔に渡してきた。そして、メラメラとした炎を噴き上げているスウェーデントーチの隣に立つ。

ちょっと胸を張ると、余計に、ニットのバストラインが強調される。

えっ、あれ。乳頭じゃないかっ。

バストの頂点に、乳首の陰のようなものが見えたのだ。まさか、ノーブラ。

祐輔はドキドキさせつつ、携帯のディスプレイを何度かタッチする。タッチするたびに、ぱしゃりと大きな音がした。

「ありがとうございます」

と近寄りつつ、美形の巨乳女性がお礼を言う。携帯を受け取ると、頭を下げる。胸元に掛かっていた栗色の髪が流れ、そこから甘い薫りがした。

「これ、あなたが作ったんですか」

と美形女性が聞いてくる。

「いや、ここに来る前に買いました」

「売ってるんですね。今度、私も買おう」

女性はかなりスウェーデントーチが気に入ったようで、ずっと見つめている。

祐輔の方は、ちらちらと彼女のニットの胸元に目を向ける。

やっぱり乳首だ。とがってきたのか、さっきよりも露骨に乳頭を確認出来る。

ノーブラでキャンプ場まで来たのか。ブルゾンかコートを着てきただろうから、ノーブラでも支障はないと言えばないかもしれない。

「ノーブラ、気になりますか」

といきなり聞かれて、祐輔はあわてて視線をそらした。すいませんっ、と謝る。

「いいんです、ニットにノーブラなんかでいる私が悪いから」

「いや、そんなことは……」

「キャンプ場に来たら、ブラを外しちゃうんです。家ではノーブラだし、今はソロキャンプ中で、誰にも気を使わなくていいから……」

「ソロなんですか」

「はい。あなたもそうですよね」

まわりを見て、美形の女性がそう言う。

「はい。そうです」

「ごめんなさいね。ひとりの時間を楽しんでいるところに、私なんかがやってきて、変に気を使わせてしまって」

「いいえ、そんな……」

女性の方に目を向ける。やはり、牡の本能なのか、ノーブラの乳房に目が向かってしまう。しかもさっきよりさらに、乳首は勃《た》っていた。

これはどういうことなのか。見られていることを意識して、乳首がさらに硬くなったのか。どうも、そばにノーブラの胸があると落ち着かない。

「スウェーデントーチ、素敵でした。ありがとうございました」

しばらくして、巨乳女性はもう一度頭を下げ、去って行った。

祐輔は名残惜《なごりお》しげに、コットンパンツに包まれたノーブラ女性のヒップを見送る。

しかし、あんな女性もソロキャンプをやっているとは。

世間的にソロキャンプがブームだと知ってはいるが、あまり実感はなかった。

祐輔はキャンプ場に来たら、誰とも会わない場所に向かい、テントを張って過ごすから、他のキャンパーたちとの交流がない。

そもそも交流したくないから、ソロでキャンプをやっているのだ。美波と瑠璃は例外中の例外だった。

『ごめんなさいね。ひとりの時間を楽しんでいるところに、私なんかがやってきて、変に気を使わせてしまって』

ノーブラ巨乳美女の言葉が思い出される。ソロキャンパーの気持ちがわかっている言葉だった。

## 2

それから、祐輔はスウェーデントーチの炎でお湯を沸かし、コーヒーを飲み、そして、飯盒でごはんを炊いた。

今夜は鍋だ。冬は鍋に限る。テントの前であらたに焚き火を起こし、鍋をそこに掛けた。

鍋は鶏鍋だ。刻んだ白菜、豆腐を入れ、そして鶏モモ肉を投入する。十分に煮えたあと、火から下ろしてポン酢で食べた。飯盒のご飯を、あつあつの鶏鍋といっしょに食べるのは、たまらなく美味《うま》かった。

お腹は大満足だったが、さっきのノーブラ女性も気になって仕方がない。食事の用意をしている間、ずっとノーブラのニットごしの乳首が頭から離れなかった。

スウェーデントーチが消えると、ランタンに明かりを点けた。

迫力ある炎も良かったが、やはり、ランタンのエロい炎がいい。

じっと見ていると、股間がむずむずしてくる。美波のすらりと伸びた生足、瑠璃のやわらかな乳房に熱いおま×こが思い出される。

あらたにお湯を沸かした。今度はコーヒーを飲むためではなく、湯たんぽに入れるためだ。湯たんぽに沸いたお湯を入れて、ダウンの寝袋の足元に入れる。

祐輔のテントは密閉型ではなく、片側が大きく開いた形である。焚き火の火を見ながら寝るにはいいが、寝袋だけではどうしても寒すぎるため、湯たんぽが必要なのだった。

それにしても、今夜は予想以上に冷える。焚き火の前は暖かいが、ちょっとでも離れると、底冷えがする。

焚き火とランタンはそのままに、祐輔はテントの下の寝袋に入った。足が温かい。これならゆっくり寝付けそうだ。

うとうとしかけたところで、人の気配を感じて目を覚ました。見れば、あのノーブラの巨乳女性が、辛そうな顔で焚き火の近くに立っているではないか。ダウンジャケットを着ているが、足は寒そうに震えていた。

「あの……すいません、お休みのところ」

とテントをのぞきこんでくる。

「はい……」

寝袋から出てテントから出ようとしたが、そのままで、と女性が止める。

「あの、あっちでテントを張ったのですが、すごく寒くて……その、ここで暖まってもいいですか」

「焚き火が消えちゃいましたか」

「いいえ。焚き火は暖かいんですけど、テントに入ると寒いんです。これを着ていても、冷えます」

「そうですか」

「……その寝袋に、いっしょに入ってもいいですか」

とノーブラ美女が言い出した。

「えっ……」

「すいません。駄目ですよね」

「いや、いいですよ」

驚きはしたが、別に祐輔としてはかまわない。

「本当ですかっ」

女性の顔が、ほっとしたように輝いた。

もちろん、こんなお願いをきいたのは、相手が巨乳で美形の女性だからだ。

はじめ、ノーブラの女性はダウンジャケットを着たまま寝袋に入ろうとしたが、かさばりすぎて無理だった。

「脱ぎますね」

と言ってダウンを脱ぐ。すると、ノーブラニットがあらわれる。祐輔の視線はすぐに、ニットの下の乳頭を捉えた。

失礼します、とノーブラ巨乳美女がこちらに顔を向ける形で寝袋に入ってきた。美女は巨乳だったが、スレンダーだったので、なんとか寝袋に入ることが出来た。

入ることは出来たが、当然ぎゅうぎゅうで、必然的にふたりは密着する。

祐輔もセーター姿だったが、その胸元にノーブラニットのバストが強く押しつけられてくる。なにより、顔が近い。息がかかるほどそばにある。

「ああ、暖かいです。足にあるのはなんですか」

「湯たんぽです」

「なるほど。私も持ってくればよかった。私、冬のキャンプははじめてで、寒さ対策はしてきたつもりだったんですけど、甘かったです」

しゃべるたびに、甘い息が祐輔の顔に掛かってくる。

しかもノーブラ美女はバストを押しつけているだけではなく、コットンパンツに包まれた足を、祐輔のジーンズの足にからませてきていた。その方が暖かいからだろうが、からませられた方はたまらない。たちまち、股間を硬く勃起させてしまった。

「ごめんなさい。ひとりになりたくて奥多摩まで来てるのに、私のような女に寝袋に潜入されて」

甘い息が顔にかかる。ノーブラニットも胸板に感じる。

ノーブラ美女の体臭も、かすかに薫ってくる。風呂などないから、一日ぶんの体臭だ。びんびんに勃起していることに気づかれたら、匂いで興奮したと思われるだろうか。

「あの、私……智美《さとみ》といいます。柳田《やなぎだ》智美です」

「高島です。高島祐輔といいます」

智美がうふふ、と笑った。

「なんか変ですよね。寝袋に入って、名乗り合っているなんて……ごめんなさい、とにかく、寒くて……」

「キャンプ場は底冷えしますから」

「そうなんですよね。わかっていたつもりなんですけど……甘かったです」

「キャンプはよくやっているんですか」

「今日が三回めです……」

「そうですか。ずっとソロなんですか」

「はい……」

とても明るく、人懐こい性格に見えるが、ひとりが好きなのだろうか。それとも、普段他人に気を使いすぎてしまって、たまに、ひとりになりたいのだろうか。ソロキャンパーにもいろいろいる。イメージでは、人嫌いの根暗《ねくら》がやっていると思われがちだが、そうでもない。

社交的で朗《ほが》らかな人間でも、ひとりで自然に浸りたい時はある。

「私、会社で広報の仕事をしているんです」

「そうですか」

「人前に出たり、初対面の人と話すことが多くて……もちろん、好きですし、楽しいんですけど、ふと……ひとりになりたい時があって……」

「わかります」

「でも、今、ふたりになってますよね。すいません……」

と言いながら、智美は両腕を祐輔の腕にまわし、さらに背中までまわしてきた。

密着度がかなりのものになる。

ノーブラの胸元はもちろん、コットンパンツの股間も、祐輔の股間に当たっている。

「あっ……」

と智美が声をあげた。どうやら勃っていることに、気づかれたようだ。

「どうしましょう……」

智美は困惑の表情を浮かべる。

「すいません……」

と祐輔が謝る。

「いいえ……私が乱入して……暖めてもらっているんですから……ああ、ごめんなさい、まだ出る気にはなれなくて。なんか、すごく暖かくなってきていますよね」

「そうですね。やっぱり、ふたりだと違いますね」

確かに、ひとりで寝袋に入っている時とは比べものにならないくらい、寝袋の温度は上がっていた。

「ああ、高島さんだけじゃないんですよ」

「えっ……」

なにが、とすぐそばにある智美の美貌を見つめる。

智美の頬が赤く染まっている。暖かくて上気しているわけではないようだ。

「男の人はわかりやすく出ますけど……」

なにっ、智美も興奮しているということか。

智美が恥部を祐輔の股間に押しつけてきた。

「はあっ……」

と火の息を洩らし、そのままコットンパンツの股間を、硬くなった肉棒にこすりつけてくる。

「あっ、智美さん……」

思わず名前で呼んでしまう。智美はなにも言わない。恥部をこすりつけ続けている。

「はあっ、なんか変な気分になってきました……」

それはこっちの台詞《せりふ》だ。ノーブラ美女が寝袋に入ってきた瞬間から、変な気分になっている。

「ああ、熱いです。なんか、身体がすごく熱いです」

汗の匂いが濃くなってきている。甘ったるい体臭だ。

智美はさらに強く密着してくる。

祐輔はニットの裾に手をやった。智美を見るが、表情に変化はない。

思い切って、ニットの裾から手を入れていた。入れずにはいられなくなっていた。

童貞だったら出来ない芸当だった。やはり、男になって成長している。

お腹にじかに触れても、智美はなにも言わなかった。そのまま手を上げていくと、
生の乳房に指先が触れた。

乳房にぴたっと貼り付いているニットを押しやるようにして、魅惑の膨らみを摑んでいく。

「あっ、ああっ……」

智美が火の息を吐き、ぎゅっと抱きついてくる。

顔がめちゃくちゃ近い。キスしない方がおかしい……と思った次の瞬間、智美のやわらかな唇が重なっていた。

口を開くなり、ぬらりと舌が入ってくる。

祐輔はたわわな乳房に五本の指をめりこませていく。

「う、ううっ」

唾液と共に、熱い息が吹き込まれてくる。

智美は祐輔と同い年くらいだった。だからなのか、瑠璃と比べて弾力があった。奥

まで埋め込むと、弾きかえしてくる。そこをまた揉み込んでいく。

「うう、ううっ、ううっ」

智美は火の息を吹き込みながら、股間をぐりぐりと押しつけていたが、背中にまわしていた右手を下げはじめた。

来るのかっ、ち×ぽにっ。

期待に、ブリーフの中でペニスがひくつく。

「ああ、左も……おねがい……」

唇を引くと、と智美が甘くかすれた声でそう言った。

右の乳房だけを揉んでいた祐輔は左の膨らみへと移動させ、鷲掴んでいく。

「あっ、あうっんっ」

乳首がかなりとがっていた。手のひらにぷくっとした感触が伝わってくる。

智美の右手が祐輔の股間に到達した。股間をぐりぐり押しつけつつ、ジーンズのボタンを外す。そして手の甲でジッパーを下げつつ、入れてくる。

すぐに、ブリーフ越しにペニスを掴まれた。

「硬い……」

と智美がつぶやく。

「智美さんはやわらかいです」

と祐輔は言う。左の膨らみをこねるように揉んでいく。

「あ、あああっ……あの……じかに……握っても……ああ、いいですか」

祐輔の顔面に甘い息を吹きかけながら、智美が聞く。その美しい黒目はしっとりと潤んでいる。

「もちろんです。その代わり……あの……」

「ク、クリまでなら……」

と智美が言う。おま×こは駄目ということか。

「クリだけをいじります」

と祐輔が言うと、巨乳美女ははあっ、と熱いため息を洩らし、ブリーフをめくっていく。

3

じかに、ペニスを握られた。

「ああ、たくましいおち×ぽですね」

「そ、そうですか」

「はい……ああ、テントの寝袋にいっしょに入っていると、すごく変な気分になりますよね……あの……言い訳みたいに聞こえるかもしれないですけど……普段の私は違うんです……」

「違う？」

「はい。むしろ、お堅い女って思われているんです。あの、実際、堅いです」

と言いつつ、ぎゅっと胴体を握ってくる。こちらも硬い。

「キャンプ場に来ると、なんか、心も身体も解放された感じになるんです。違う私になれるっていうか……ああ、本当の私になれるっていうか……」

そう言いながら、鎌首を撫ではじめる。

「あっ……」

「ここ、感じるんですか」

「は、はい……」

とうなずくと、智美は鎌首を集中的に撫でさすりはじめる。

「あ、ああ……そこ……ああ……」

やはり、先っぽは急所だ。祐輔は寝袋の中で腰をくなくなさせてしまう。

そうだ。クリを。

反撃しないと、と右手で乳房を揉んだまま、左手を下げていく。するとそれだけで、智美の美貌が緊張で強《こわ》ばるのがわかった。

股間に到達した。コットンパンツのボタンに手を掛ける。

智美は黙ったままでいる。ひたすら鎌首を撫でている。

「あっ、なにか……出ました……」

先走りの汁だ。知らないのだろうか。初対面の男の寝袋に入ってくる大胆な行動を取りつつも、初心なのか。

「なんですか」

「我慢汁です」

「我慢……汁……」

「高島さん、我慢しているんですね。入れたいんですね、私に」

「い、いや……そういうわけでは……」

「入れたくないんですか」

「いや、そういうわけでも……」

祐輔はコットンパンツのボタンを外した。フロントジッパーを下げていく。

「だめ……」

ずっとなにも言わなかった智美が、左手を下げて、祐輔の左手首を掴んできた。

祐輔は構わず、前からコットンパンツの中に手を忍ばせ、そしてパンティに触れた。

「だめ……」

智美の身体がぴくっと動いた。

クリトリスを探しつつ、恥丘にべったり貼り付くパンティをなぞっていく。

「あ、ああ……」

智美の陰りは薄く、なぞると割れ目を感じた。割れ目の上にクリトリスがあるはずだ、となぞりあげていく。

「はあっ、ああ……」

なぞられるだけでも感じるのか、智美が火の息を吐いている。

割れ目の上まで指先を上げたが、クリトリスらしきものが見当たらない。祐輔は瑠璃相手に童貞は卒業していたが、やるのはあの夜きりだった。経験人数ひとり、おま×こ回数一回だ。

これか、とクリトリスらしきものを指先に感じた。ぐっと押すと、

「あっ、だめっ」

と智美が甲高い声をあげ、ペニスの胴体をぎゅっと摑み、鎌首も握ってくる。

「あうっ……」

祐輔は危うく暴発しそうになる。鎌首握りが効いていた。ただ握られたら痛いかもしれないが、なにせ、大量の我慢汁が出ていた。それが潤滑油《じゅんかつゆ》となっていて、たまらない刺激を生んでいる。

祐輔はクリトリスをパンティ越しに突いていく。

「あっ、あうっ……あんっ」

かなり敏感なようで、突くたびに、寝袋の中で智美が身体をひくつかせる。

確かに寝袋の中は、エッチな気分にさせてくれる。

そもそも、テントの中にいるだけでも、男女でいれば、むらむらしてくるものなのだ。大自然の中、目の前には焚き火の炎。ふたりきりの日常から離れた空間。

『キャンプ場に来ると、なんか、心も身体も解放された感じになるんです』

と智美が言っていたが、美波も瑠璃も同じ気持ちだったのかも、と思う。美波は祐輔の前でブラとパンティだけになり、瑠璃は大胆な行動に出た。

智美はまた、違う私になれるっていうか本当の私になれるっていうか、とも言っていた。

今、寝袋の中で抱き合い、ふたつの手でち×ぽを握って火の息を吐いているのが、本当の智美なのだろうか。

「あ、ああ……じらさないで、ください……」

ずっとパンティ越しにクリトリスを撫でていると、智美が甘くかすれた声でそう言った。

「じらしていませんよ」

「あんっ、じらしています……もしかして、高島さんって、いじわるな人なんですか」

息がかかるほどそばから、智美がなじるような目を向けてくる。

その顔に昂ぶり、祐輔はキスをする。すると、智美が待ってましたというかのように、ねっとりと舌をからめてくる。

「うんっ、うっんっ」

濃厚なベロチューをしつつ、智美があらためて、鎌首を撫で撫でしてくる。今度は胴体しごきも加わっている。

「う、ううっ……ううっ」

まずいっ。出そうだっ。反撃だ、反撃っ。

祐輔は智美のパンティの中に人差し指を入れていった。すると、指先に恥毛を感じた。クリトリスを探す。

がまた、見つからない。すると、智美のベロチューがさらに濃厚になってくる。もどかしさを伴《ともな》った興奮をキスにぶつけているようだ。

クリトリスに指先が触れた。これだっ、とじかに突く。すると、

「あうっ、ううっ」

火の息を吹き込み、智美の腰がうねりはじめる。

祐輔は右手でたわわな乳房を揉みしだきつつ、左手の中指もパンティの中に忍ばせ、人差し指と共に摘まんでいった。右手の手のひらで乳首を押し潰しつつ、左手の指で、こりこりとクリトリスをころがす。

「あっ、ああっ……」

キスを振り解き、智美が甲高い声をあげる。

「クリだけで、いいんですか」

と祐輔は聞く。

「知りませんっ……知りませんっ」

智美が瞳を開き、熱い眼差しで祐輔を見つめてくる。クリ以外もいじって、とその

目は訴えている。

祐輔はひたすら乳房を揉みつつ、クリトリスをころがし続ける。

「あ、ああっ、ああっ……だめだめ……クリだけじゃだめですっ」

「どこをいじって欲しいですか」

と祐輔は聞く。我ながら成長したと感じた。童貞の時の祐輔なら、もう、おま×こに指を入れていただろう。

が今、智美に入れて、と言わせようとしていた。

「あんっ、あんっ、知りませんっ」

智美のなじるような眼差しがたまらない。さらなる我慢汁が出ていく。

智美は鎌首を撫で続ける。祐輔の方が限界に来ていた。

「言わないと、ここでお終いにしますよ」

「あんっ、ひどい……」

智美が泣きそうな顔になる。その顔に暴発しそうになる。まずいっ、反撃だっ、と
クリトリスから指を引くなり、いきなり二本の指を智美のおま×こに入れていった。

それはずぶり、と入っていった。

「ダメッ……おま×こ、ダメッ」

と智美が卑猥な四文字を叫ぶ。

智美のおま×こは窮屈《きゅうくつ》だった。一瞬処女かとあせったが、違っていた。二本の指は窮屈な穴を奥まで入っていく。窮屈だがどろどろに濡れていて、ずぶずぶと侵入することが出来ていた。

処女ではなかったが、経験自体は少ない気がした。まあ、経験人数ひとり、やった回数一回の祐輔が、指の感触だけで判断出来るわけがなかったが。

「ああ、おま×こ、だめです、高島さん」

智美が泣きそうな顔で訴えてくる。まずい、やりすぎたか、と指を引こうとすると、媚肉がきゅきゅっと強烈に締まった。そもそもきつい穴だけに、指が吸い付かれたような感覚を覚える。

祐輔は指は抜かず、じっとして様子を見ることにした。右手では乳房を揉み続けている。

「はあっ、ああ、だめです……クリだけって、言いましたよね」

祐輔はなにも答えない。奥まで二本の指を入れたまま、じっとしている。それでいて乳房はこねるように揉み続けている。

一方、智美の鎌首撫で撫で&手コキは止まっていた。おま×こに入っている祐輔の指に、気を取られてしまっている。

祐輔は暴発を免《まぬが》れ、ホッとしていた。

しかし、このおま×この締まりはすごい。ここにち×ぽを入れたら、即発射のような気がする。

「あ、ああ……はあ、ああ……」

指を動かさないでいると、智美がどうしてという目で見つめはじめた。そして、おま×こで指を締め上げてくる。

「あ、ああ……ゆ、指……」

「指、抜きますか」

「えっ……」

「クリだけって、約束でしたからね」

と言って、指を抜こうとする。すると、

「だめっ」

と万力のように指を締めてきた。ペニスを締め上げられた気持ちになり、あらたに大量の我慢汁を出す。鎌首を包んだままの、智美の手のひらはぬらぬらだろう。

「おま×こ、いじって欲しいんですよね。いじっていいんですよね」

「だめ……ああ、私のおま×こ……なんか、すごくエッチなんです……」

「そうですね」

「ああ、やっぱり、エッチですよねっ」

「今、僕の指をすごく締めてます」

「ごめんなさい……おま×こがエッチな女って、いやですよね」

なぜか、智美は謝る。

「まさか。大好きです」

「本当ですか」

「入れたいです。ここに、僕のち×ぽを」

「ああ、そんな……会ったばかりの男性のおち×ぽを……ああ、すぐに入れるなんて……私らしくありません。私はお堅い女で通っているんです」

媚肉でくいくい二本の指を締めつつ、智美がそう言う。

「本当はエッチなおま×こを持つスケベな女なんでしょう」

「えっ、違いますっ」

「そんな自分を解放したくて、キャンプに来ているんでしょう」

そう言いながら、祐輔は二本の指を動かしはじめた。

「ああっ、だめだめ……動かしちゃ、だめです」

智美のからだがぶるぶる震えはじめる。股間からぴちゃぴちゃと淫らな蜜の音がしてくる。静まりかえった森林の中ゆえ、とてもよく聞こえる。

「ああ、恥ずかしい……あ、ああっ、だめだめっ、動かしちゃ、だめですっ」

智美はペニスから手を引き上げ、祐輔にしがみついてきた。ぎゅっと密着し、背中に手をまわしてくる。

寝袋の中が、智美の体臭でむせんばかりになっている。かなり温度が上がっていて、お互い汗ばんでいる。

「ああ、ああっ、だめだめ……ああ、いきそう……ああ、いっちゃいそうですっ」

火の息を吹きかけ、智美が超至近距離で訴えかけてくる。

「いっていいですか、高島さん」

と智美が聞いてくる。

「えっ……」

「いっていいですか……ああ、いけませんか……」

いいと言った方がいいのか、だめと言った方が喜ぶのか、よくわからない。わからないまま、二本の指を激しく前後させている。

「あ、ああっ、だめだめ……いっちゃうっ、ああ、智美、い、いくうっ」

智美が寝袋の中で身体を痙攣させた。

祐輔の二本の指は喰いちぎられんばかりに締め上げられていた。

智美の両手は祐輔の上半身にあり、暴発は免れていたが、智美のエロすぎるいき顔を見て、ペニスをひくひくさせていた。ちょっとでもしごかれていたら、いっしょに出していただろう。

4

祐輔は指を出さずにいた。智美は指を締めたまま、アクメの余韻に浸っている。

瞳を開いた。目が合うと、あっ、という表情を見せた。

「ごめんなさいっ。勝手にひとりでいってしまってっ……」

と智美がいきなり謝ってきた。

「いや……」

「私のおま×こ、エッチすぎて、すぐにいってしまうんです……清楚《せいそ》な女だろうと思っていたら、おま×こがエッチすぎるって……何度振られたことか……」

「えっ、そうなんですかっ」

普通は逆じゃないのだろうか。真面目な女がひと皮剝いたらエッチだなんて、最高のような気がするが。

「結婚を前提にお付き合いしていると……エッチなおま×こはだめなんです」

「そうなんですか」

「なんか、すごく遊んでいると勘違いされて、それで、一度エッチをした後はお付き合いがなしになっていくんです。そんなことをしているうちに……もう三十です」

祐輔と同い年だった。

「結婚を前提としたお付き合いしかしていないんですけど、エッチすると、自然と付き合いが消滅する方向に動いて、どうしたらいいか……」

お堅い女だと思っていたら、淫らな身体過ぎて、引いていくということか。

遊び相手なら最高なのだろうが、結婚相手となると、遊んでいなさそうな女がいいのだろうか。というか、別に智美は遊んでいる女ではないのだろう。ただただ、おま×この締まりが良くて、いきやすい体質なだけなのだろう。

「私、どうしたらいいですか」

と聞きながら、またも、おま×こがきゅきゅきゅっと締まってくる。ち×ぽを入れていたら、ここでうなっているだろう。

入れたい。うなりたい。

「それは相手の男性が悪いですよ」

「そうでしょうか……」

「そんな男は、智美さんの方から振ればいいんですよ」

すうっと名前で呼んでいた。おま×こをいじって、いかせたからだろう。

「ああん、そうなんですか」

「だって、そんなことで別れるような男は、結婚しても大変そうですよ」

「そう言ってもらえて、嬉しいですっ」

智美の美貌が輝く。さらに強く指を締めてくる。

「ああ、すごい締め付けですね」

と言いながら、祐輔は二本の指を再び動かしはじめる。抜かずの二発だ。まあ、ち×ぽではなく指だが。

「あっ、ああっ……ダメダメッ」

すぐに、智美はいい反応を見せはじめる。

また祐輔に抱きつき、強く胸元を押しつけてきた。かなりの密着度だったが、お互いまだ服を着ているのがもどかしい。出来たら、この巨乳と裸で抱き合いたい。

また、股間からぴちゃぴちゃと淫らな音が湧いてくる。

「ああ、ああっ、ああっ、ダメダメッ……また、またいきそうですっ」

智美が火の息を、祐輔の顔面に吹きかけてくる。

祐輔はまたもいかせるべく、二本の指を激しく動かし続ける。

「ああ、またまた、いきそうっ、ああ、智美ばっかりっ……ああ、恥ずかしいっ」

「いってください、智美さん」

「ああっ、祐輔さんっ、ああ、祐輔さんっ、智美、いきます……ああっ」

名前を呼ばれ、祐輔はあらたな我慢汁を出す。智美がしごいてこないのがもどかしいが、助かってもいた。寝袋の中に出すわけにもいかない。

「またまた、い、いくっ」

またも、おま×こが万力のように締まった。ち×ぽを入れていたら、抜かずの二発目を出していただろう。

智美は、はあはあ、と荒い息を吐いている。しがみついたままだ。

このしがみつかれる感じがたまらない。エッチはしていないが、すごく接近している感じがする。

「ああ……また、いっちゃいました……エッチすぎますよね……でも、遊んでいないんですよ」

「わかっています」

「ああ、なんだか、祐輔さん相手だと何度もいっていい気がして、何度もいっちゃいそうです」

おま×こでくいくい指を締めつつ、智美がそう言う。

「何度でもいってください」

「ああ、ありがとうございます……」

あっ、と智美が声をあげた。

「どうしましたか」

「ごめんなさいっ。智美ばっかり、いってしまって……祐輔さんっ」

と名前を呼びつつ、智美がペニスを摑んできた。いきなりぐいぐいしごきはじめる。

「あっ、だめですっ。出ちゃいますっ」

「出してください。祐輔さんもいってください」

右手でしごきつつ、左手の手のひらで鎌首を撫ではじめる。

「あっ、それだめですっ」

「だめじゃないです……いいです……いってください」

「ああ、だめなんですっ。寝袋がザーメンまみれになりますから」

そう言うと、智美がはっとした顔になり、両手をペニスから引いた。

「ごめんなさい……大変なことになるところでしたね」

智美が寝袋から出ようとする。

「どうしましたか」

「祐輔さんも出てください」

「えっ」

「あ、あの……良かったらですけど……智美のお口に……出してくださいませんか」

はにかむような表情で、智美がそう言った。

そして寝袋から出る。たくしあがったニットセーターから、たわわな巨乳が露出している。

智美はセーターの裾を引いて、それを隠すかと思ったが、逆の行動に出た。

セーターを脱いでいったのだ。

「さ、智美さん……」

たっぷり実った乳房があらわとなった。乳首はつんととがっている。

「身体が、熱いです……」

コットンパンツのフロントはめくれていて、そこから、パンティがのぞいている。

パンティは淡いピンクだった。割れ目が当たっている部分が、沁みになっている。愛液がにじみ出しているのだ。

上半身裸で、フロントがめくれたコットンパンツ姿の智美に、焚き火の光が当たっている。

白い肌が赤色に染まり、なんとも言えない妖艶な雰囲気を醸し出している。

「さあ、祐輔さんも出てください。寒くないですよ」

祐輔はうなずき、寝袋から出た。

ペニスだけ剝きだしで、先端は我慢汁で真っ白になっている。それを見た智美が、足元に膝をつくなり、ためらうことなくしゃぶりついてきた。

先端が智美の口に包まれる。

「あっ、ああっ」

いきなりとろけそうな快感に、祐輔は腰をくねらせる。

智美は鎌首を咥えると、強く吸ってくる。

「ああっ、ああっ」

はやくも出そうになっていた。そもそも、鎌首の撫で手コキで暴発寸前だったのだ。

その上、二度も智美をいかせて、祐輔はかなり昂ぶっていた。

智美は胴体を咥えることはしなかった。鎌首だけをひたすら強く吸ってくる。

「出そうですっ、ああ、もう出そうですっ。出していいですかっ」

と祐輔も智美のように、いっていいかと聞いていた。

智美は鎌首だけを吸いつつ、見上げてきた。

その目は、いっていいわ、と告げていた。祐輔にはそう見えた。

「ああ、いきますっ」

祐輔はそう叫ぶと、股間の緊張を解き放った。

「おう、おうっ」

星空に向かって吠えつつ、祐輔は智美の喉《のど》に向かってザーメンを噴き出しまくる。

「う、うう……」

智美は美貌をしかめたものの、鎌首を吸い続ける。

「ああ、ああっ、ああっ」

祐輔は腰を震わせながら、智美の喉に出し続けた。

# 第五章　再会の初夏

## 1

ようやく脈動が終わると、智美が唇を引いた。ねっとりとザーメンが糸を引いたが、それを両手で受け取る。

そして、唇を閉じると、祐輔を見上げる。

「ぺっと出して」

と言うものの、智美はかぶりを振り、ごくんと白い喉を動かした。

「智美さん……」

自分の白濁を飲んでくれるというのは、感激する。俺が出したザーメンを受け入れて、喉に流してくれたんだ、と思うと、涙さえ出そうになる。

「ああ、はじめて、飲みました……」

「えっ、そうなのっ」

「だって、これまで、智美のお口に出した人はいないから……」

「そ、そうなの……ごめん……」

「ううん。美味しかったです」

そう言って、舌でぺろりと唇のまわりを舐め、まだひくついているペニスの先端にちゅっとキスしてきた。

「ちょっと寒くなってきました」

と智美が言う。ニットセーターを着るのかと思ったら、違っていた。

寒いと言いつつ、智美はコットンパンツも脱ぎはじめたのだ。

「智美さん……寒いんじゃ……」

「寒いから、祐輔さんに暖めてもらおうと思って。さっき、寝袋で抱き合ったら、すごく身体が熱くなりましたよね」

「なりました」

祐輔もセーターを脱いでいった。寝袋の中で裸で抱き合えるのだっ。

これは、祐輔の長年の夢でもあった。果たせることなど、ほぼなさそうだと思っていたのだが、それが今、リアルに叶《かな》おうとしている。

智美がコットンパンツを足首から抜き取った。パンティだけの身体が、焚き火の炎に染まる。

さすがにパンティは脱がないか。思えば、祐輔の方はペニスだけを露出させている。セーターを脱ぐと、ジーンズをブリーフといっしょに下げていった。

祐輔の方が先に全裸になった。すると、智美の方から抱きついてくる。今度は生の乳房をじかに祐輔の胸板に押しつけてくる。そして、両腕を背中にまわしてきた。

パンティが貼り付く恥部を、祐輔の股間に押しつけてくる。たった今出したばっかりなのがうそのように勃起が戻りつつある。

祐輔の方からも押しつける。するとクリトリスを突く形となり、

「あんっ」

と甘い声をあげ、智美の方からもぐりぐりこすりつけてくる。

「あ、あんっ……あんっ」

智美の肌からは、甘い汗の匂いが立ちのぼってきている。特に、腋の下から甘い薫りがした。

智美がペニスを摑んできた。ぐいっとしごいてくる。

「あうっ」

「ああ、もうこんなに……たくましいですね、祐輔さん」

「智美さんのクリもじかに触りたいな」

と祐輔は言う。

「ああ……また、すぐいっちゃいます……それでも、いいですか」

と恥じらうように智美が言う。パンティを脱がなかったのは、そういうことか。とにかく、すぐにいくのを恥ずかしがっているようだし、自分の欠点だと思っているようだ。

「もっと、智美さんのいき顔、見たいな」

と祐輔は言い、ちょっといい過ぎたかな、とすぐさま後悔する。

が、智美は嫌がることなく、

「えっ、智美のいき顔、見たいんですか」

と興味深げに聞いてきた。ずっとペニスはしごいたままだ。

「見たいよ」

「どうしてですか。変な顔でしょう。幻滅する顔になってませんか」

「えっ、どうして。すごく綺麗だよ」

「そ、そうなんですか……だって、これまでエッチするたびに、バイバイされていたから……だから、いき顔を見て、幻滅しているんだと思っていました」

「まさか」

祐輔はまた、パンティの中に指を入れた。クリトリスを摘まむ。それだけで、あっ、と智美が声をあげ、ぎゅっとペニスを摑む。

祐輔はそのまま、こりこりと動かす。

「あっ、あああっ……ダメダメ、じかはダメ……ああ、すぐ、いっちゃいそうになるの……ああ、ああっ、じかはゆるして」

智美がすがるような目で祐輔を見つめている。

この顔を見て幻滅なんてありえないだろう。

「いい顔だよ、智美さん」

「えっ、そうなの……ああ、もっと言って、もっと綺麗って言って」

「綺麗だよ。そのまま、いき顔を見せて、智美さん」

そう言いつつ、クリトリスを軽くひねった。すると、

「あっ……いく……」

と短く声をあげ、智美がうっとりとした表情を見せた。

「綺麗だよ。いってる顔、すごく綺麗だよ」

「ああ、うれしい……ああ、祐輔さんにならおま×こ、あげてもいいかも」

入れていいってことだっ。

祐輔は右手の指でクリトリスを優しく撫でつつ、左手でパンティをめくっていく。

アクメの余韻に浸っている智美はなにも言わない。

パンティを恥部から下げた。そして、左手の指を、再び、おんなの穴に入れていく。

「あっ、それっ、だめっ、指はもういやっ」

強くペニスを握り、智美がそう言う。そして瞳を開くと、

「祐輔さんのおち×ぽで、智美いきたいです」

と言った。

祐輔のペニスは極限にまで勃起した。

「ああ、すごいっ」

と智美が驚きの声をあげる。

そして裸のまま、寝袋に入っていった。祐輔も追いかけるようにして、裸のまま寝袋に入る。

するると、智美が裸体を密着させてきた。

「このままください」

と智美が言う。

寝袋の中でのエッチ。まったく的を見ることなしでの挿入は、かなり高度なテクがいった。数ヶ月前に、瑠璃相手にやっただけの祐輔にはかなりの難度だったが、入れるしかない。

入れるんだ、との強い思いで、割れ目を突いていく。

が、ち×ぽが欲しい、と言いつつも、智美は腰をずらす。そこを追うように鎌首を押しつけていく。

すると奇跡が起こった。ずぶりと鎌首がめりこんだのだ。

「あっ……」

先端が燃えるような粘膜に包まれた、と思った瞬間、智美の方から腰を突き出してきた。

ずぶずぶ、ずぶっと瞬く間に、ペニス全部が智美の中に入った。

智美があらためて抱きついてくる。祐輔も両腕を智美の背中にまわしていった。

乳房が胸板に押しつぶされる。お腹も、股間も密着する。

智美が足をからめてきた。太腿の感触がたまらない。後は、口だけだ、と思った瞬間、智美が唇を押しつけてきた。ぬらりと舌をからませあう。

寝袋の中の全裸での抱き合い。いや、ただ抱き合っているのではなく、祐輔のち×ぽは智美の中に入っていた。そして、舌もからめあっている。

これ以上の密着はないだろう。

寝袋での全裸エッチ。祐輔の夢が叶った。

「ああ、動かないで、このままでいてください」

しっかりと抱きついたまま、智美がそう言う。動かなくても、祐輔は智美のおま×こから強烈な刺激を受けていた。

先端から付け根まで、ずっときゅきゅっと締め上げられている。智美以外では瑠璃のおま×こしか知らないが、これはかなりの名器なのでは、と思った。

名器ゆえに、締まりがいいために、遊んでいると勘違いされてしまうのだろう。

「ああ、すごく締まるよ、智美さんのおま×こ」

「そうなんですか……智美、締めているわけではないんです。智美のおま×こが、勝手におち×ぽを締めてしまうんです」

ただ入れて、抱き合っているだけでも気持ちがいい。このまま朝まで繋がったままでいるのもいいかもしれない。

祐輔のち×ぽが萎えることはない。ずっと刺激を受け続けているからだ。いわば、とてもリアルなオナホールに入れたままの状態なのだ。

オナホールにはひと晩入れたくはないが、おま×こにはひと晩包まれていたい。

「ああ、気持ちいいよ、智美さん」

「智美も、気持ちいいです」

寝袋の中で裸で抱き合っていると、セーターを着ている時より、さらに熱くなる。

「おま×こがおち×ぽでいっぱいになっていると、なんか……落ち着きます……」

「興奮するんじゃなくて？」

「興奮もしますけど……同時にリラックスするんです」

また、ぎゅっと締まった。

「うう……」

「あっ、また締めましたか」

「すごく……」

祐輔はゆっくりと腰を動かしはじめる。

「あっ、ああっ」

すぐさま、智美が反応を見せる。

背中に爪を立て、乳房と恥部をぐりぐりとこすりつけてくる。すでに完全に密着していたが、もっとくっつきたいという気持ちがあらわれていた。

祐輔はぐいぐいっと突いていく。

「あっ、ああっ、また……また、いきそう……ああ、もういくなんて……恥ずかしいです」

「いっていいよ。もっといき顔を見せて」

「はい……見せます……ああ、見て、見て、智美のいく顔を……ああ、見てくださいっ……」

いくぅ、と叫び、くっついている裸体が震える。それがじかに伝わり、祐輔はえもいわれない満足感を覚える。

「綺麗だよ、智美さん。もっといき顔を見せて」

と言って、祐輔はさらに腰を使う。寝袋の中だから、強くは突けない。でも、裸体の密着感が強くて、それ自体が刺激となっている。

さらに、智美の汗の匂いが寝袋の中に充満し、祐輔はくらくらになっていた。

「ああ、あの……」

「どうしたの」

「ああ、エッチな女だって……ああ、嫌いにならないでくれますか」

「ならないよ。心と身体を解放するためにキャンプに来たんでしょう。どんどんエッチを解放して、智美さん」

「はい……クリも……ああ、クリもいっしょに、いじってください」

祐輔はうなずき、抜き差ししつつクリトリスを摘まむ。それだけで智美は、あうっ、とまたも気をやりそうな表情を浮かべるのだ。

祐輔はクリトリスをさっきよりさらに強めにひねった。

「あぁっ、だめっ、また、いくいくっ」

智美が汗ばんだ裸体をこすりつけ、痙攣させる。おま×こも痙攣し、祐輔も出しそうになる。

我慢しつつ、突いていくと、また、

「いくいくっ」

と叫ぶ。おま×この締め付けも万力のようになり、祐輔は、

「出そうだっ」

とうめいた。

「いっしょにっ、祐輔さん、智美といっしょにいってっ」

「いっしょにいくよっ、智美っ」

と呼び捨てにして、とどめの一撃をぶちこんだ。

「ひいっ……いく……」

「おうっ」

智美の中で、ち×ぽが脈動した。どくどく、どくどく、と二発目なのがうそのように噴き出し続けた。

そしてそのまま、中出ししたち×ぽを入れっぱなしで、祐輔と智美は寝袋で抱き合い続け、そのまま眠った。

## 2

祐輔は目を覚ました。

目の前に、智美の寝顔があった。起きてすぐに目にするのが、美人の寝顔とは……。

寝起きからなんてハッピーなのか。彼女や奥さんがいる男は、いつもこんな朝を迎えているのか。

祐輔は勃起させていた。いわゆる朝立ちというやつだ。しかも朝立ちのち×ぽは、智美のおま×こに包まれていた。

中出ししたまま、そのまま寝てしまったのだ。最高の睡眠だった。

いった顔はエッチだったが、寝顔は愛らしい。同じ目を閉じた顔だが、違う。

寝顔を見ていると、朝から昂ぶってくる。智美の中で、ペニスがぴくっと動いた。

すると、きゅきゅっと締めてくる。

「うう……」

祐輔は思わずうなった。智美は眠っている。寝ていても、ち×ぽを締めてくるのだ。

寝起きからそのまま、ち×ぽが快感に包まれているなど、なんという幸せか。

祐輔はうなりつつ、智美の頬にキスしていく。そのまま唇に重ねる。智美はまだ起きない。でもおま×こは起きている。きゅきゅっ、きゅきゅっと締め上げてくる。

「あうっ」

とうなると、智美が目を開いた。

「あっ、おち×ぽが……入っている……ああ、すごく大きいです」

「朝立ちだよ」

「朝、立ち……」

智美の方から、ちゅちゅっとキスしてくる。

「ああ、起きてすぐ、おち×ぽ感じるなんて……幸せです」

女もそうなのか。

祐輔は動いてみた。ずどんっとえぐる。

「あうっ……ううっ」

智美があごを反らし、寝起きから火の息を吐く。

祐輔は調子に乗って、腰を動かしていく。

「あっ、あんっ、うそうそっ……起きたばかりなのに……こんなのって……あ、ああっ、はあんっ」

ひと突きごとに、智美が甘い喘ぎを洩らす。また、ぎゅっと抱きしめてくる。たわわな乳房が潰される。

寝袋の中、智美の匂いでむんむんしている。焚き火の炎もなく、外は寒そうだったが、寝袋の中だけは真夏のようだ。

実際、智美の背中は汗ばんでいた。

「ああっ、もう、もう、いっちゃいそうっ……」

はやくも智美が舌足らずにそう告げる。

「ああ、ごめんなさいっ……もういっちゃうなんて……ああ、智美のからだ……エッチすぎるうっ」

と声が裏返った次の瞬間、

「いくっ」

と叫び、密着させた裸体をがくがくと震わせた。もちろん、おま×こは強烈に締まり、朝立ちのペニスが絞られる。

萎えることなどない。目を覚ましてから、ずっと朝立ちし放しだ。

智美ははあはあ、と荒い息を吐いている。

祐輔は再び、突きはじめる。

「えっ、うそっ……ああ、おち×ぽっ、うそっ」

智美が信じられないといった顔で祐輔を見つめる。

「なにがうそなの」

「だって、起きてすぐにっ……あ、ああっ、こんなに……ああ、気持ちいいなんてっ……ああ、祐輔さん、もうずっと……一日中……ああ、智美のおま×こに……あ、ああっ、入れていてっ」

祐輔も同じ気持ちだった。このままずっと寝袋の中でお互い全裸で繋がっていたい。

「あ、ああっ、またまた……あああ、いきそう……あ、ああっ、いく、いくっ」

智美は朝からとてもいきやすかった。祐輔の背中に爪を立て、火の息を顔面に吹きかけてくる。

「ああ、出そうだ」

「くださいっ」

「いいのかい」

「お口っ、お口にくださいっ。飲みたいのっ、祐輔さんのザーメン、起きてすぐに飲みたいのっ」

朝のミルク代わりに、俺のザーメンを飲むのかっ。

一気にボルテージが上がり、出そうになる。

「くださいっ」

と言うなり、智美が寝袋を出ようとした。下で繋がっているため、祐輔もいっしょに引きずりだされる。

寝袋から出るとすぐに、祐輔は智美のおま×こからち×ぽを抜いた。

テントの中で膝立ちの祐輔の股間に、智美がためらうことなく美貌を埋めてきた。

ペニス全体が智美の口に包まれたと思った瞬間、祐輔は射精していた。

「おうっ」

朝から吠えつつ、どくどくと智美の喉めがけ、寝起きの一発目を出していく。

「う、うう……うう……」

智美は一瞬、美貌をしかめたが、すぐにうっとりとした表情になり、寝起きの一発目を口で受け止める。

「あ、ああ、あああっ」

祐輔は声を上げつつ、腰を振っていた。朝立ちからの射精は、なんとも気持ち良かった。

ようやく脈動が収まったが、智美はすぐには美貌を引かなかった。

喉で受けたまま、ペニスを味わうように咥えている。

そしてやっと、唇を引いた。すぐに閉じたが、どろりとザーメンがあふれてくる。

それを、智美は手のひらで受け止めた。

祐輔を見上げ、ごくんと喉を動かす。

「ああ、智美さん……」

寝起きの一発目を美味しそうに飲んでくれる智美は天使に見えた。

智美はさらにごくんごくんと喉を動かすと、手のひらに垂れていたザーメンを啜《すす》り取っていく。そしてそれも、ごくんと飲んだ。

「ああ、ありがとう、祐輔さん」

とびきりの笑顔を見せて、智美がそう言った。

「いや、僕こそ、ありがとう」

祐輔と智美はテントの下で抱き合った。

「外は寒いですね」

と智美が言う。

「そうだね。火を起こそう」

裸のまま枯れ木に火を点ける。かなり乾燥していて、瞬く間に大きな炎となっていく。智美が薪をくべていく。智美も裸のままだ。

寒かったが、なぜか、服を着る気にならなかった。服を着た途端、現実に戻るような気がしていた。

「ああ、暖かい」

燃え盛る炎が智美の裸体を赤く染める。

祐輔はたわわに実った乳房を揉んでいく。すると、あんっ、と智美が甘い声を洩らす。そして、手を伸ばし、萎えつつあるペニスを、またも摑んできた。

# 3

初夏。高島祐輔は山梨県のNキャンプ場に向かっていた。

美波と出会ったキャンプ場だ。もちろん、あの後も何度か、Nキャンプ場には来ていた。

管理室でチェックインを済ませサイトに出ると、ドキドキしてくる。

自然と、美波の姿を探してしまう。今日は特に、心臓の高鳴りが大きい。なぜなら、一年前の今日、美波と会っているのだ。いわば、記念日である。もちろん、祐輔ひとりが勝手に記念日と思っているだけで、美波はなんとも思っていないかもしれない。

でも、祐輔のことが気になっていたなら、この日に来るんじゃないか、と淡い期待を持っていた。

美波とはキスをした。舌もからめた。嫌な男とはしないだろう。腋の下を洗ってくれ、祐輔も美波の腋の下を洗った。嫌な男とは洗いあいなどしないだろう。

祐輔はテントを張る場所を見つけるために、奥へと進んでいく。自然と一年前に張った場所へと足が向かう。このキャンプ場に来たら、いつもそうなる。

清流の音が聞こえてくる。すると条件反射のように、美波の白い生足が脳裏に浮かぶ。もう一年前のことだったが、数え切れないくらい思い出しているために、いまだにリアルに思い浮かべることが出来ていた。

小さな滝を眺める場所に立つ。あの上に美波がいたのだ。

今日こそいてくれ、と思ったが、白い生足は見当たらない。

切り株を見つける。ここに来たら、必ずランタンを置く切り株だ。その前にテントを張っていく。

智美のことを思い出す。

あの朝、裸のまま焚き火を起こしたふたりは、その前でお互いの身体をまさぐりあって、そのままテントの中でエッチをした。

が、そこまでだった。お互い服を着ると日常の感覚が戻り、連絡先も聞かずに別れた。深く繋《つな》がりあっただけあって、智美もまた、キャンプ場での一夜限りの関係だから自分を解放出来たのだと、祐輔は感じていた。

テントが出来上がると、水遊びをやる。このキャンプ場に来た時は、美波と会った時と同じ行動を取るようにしていた。

ジーンズから短パンに穿き替え、サンダル履きで清流に入っていく。ひんやりとした感覚が気持ちいい。

「ああ、いいな」

とつぶやきつつ清流に身を任せていると、上流からサンダルが流れてきた。

それを見た瞬間、祐輔はハッとなった。深紅のサンダルは一年前に見た、美波のサンダルと同じだったのだ。

サンダルが流れていくのを、惚《ほう》けたように見守る。

「あらっ、拾ってくれないのかしら」

と上から女性の声がした。

高さ五メートルほどの小さな滝を見上げると、白い生足が視界に飛び込んできた。

「あっ……」

「こんにちは、祐輔さん」

と名前を呼ばれ、祐輔は感激で身体を震わせていた。

「一年ぶりね。いや、もしかしたら、アウトドアショップで会っていましたっけ」

あの時、目が合ったと思ったのだが、美波も気づいていたのだ。

「会ってるっ、会ってるよっ。パップテントを見ていたよね」

「そう。あれから、いいのを買ったの。祐輔さんに見てもらいたいな」

一年ぶりの会話だったが、久しぶりということをまったく感じさせなかった。

一週間ぶりくらいに再会した雰囲気なのだ。

「見たいな。僕も冬はパップテントなんだよ」

「やっぱり。祐輔さんはパップテント派だって、思っていました。今年の冬、見せてくださいね」

今年の冬……見せる……見てもらいたい……。

もう、これっきりじゃないんだ。美波は先のことを思って、話しているっ。

「あの、サンダル、拾ってくれませんか」

と美波が言う。

「あっ……ごめん……」

祐輔はあわてて深紅のサンダルを追う。清流に流されていくのを追ってサンダルを拾うと、滝の前まで戻っていく。

美波は一年前と同じように、滝の上に立っていた。太腿丸出しのショートパンツ姿に、裾が短めのTシャツ姿だ。幾度となく思い出した、一年前と同じ姿だ。

一瞬、これは妄想なんじゃないかと思った。思い出の場所に来て、錯覚を見てしまっているんじゃないか。

「投げて」

と美波が言う。祐輔は美波に向かってサンダルを放り上げる。

美波がしゃがんでキャッチしようとするが、届かなかった。サンダルが落ちてくる。

祐輔はショートパンツの奥からちらりとのぞくパンティに目を奪われていて、サンダルを逃してしまう。

「祐輔さんっ、サンダルっ」

「えっ……」

「もう、女性の太腿、珍しいんですか」

「い、いや……ごめん……」

「変な祐輔さん」

楽しそうな美波の声に、またも感激する。まるで、恋人同士でじゃれあっているようじゃないかっ。

祐輔は再び、清流を流れるサンダルを拾い、美波に向かって投げる。

今度はうまくキャッチした美波は、サンダルを履いて近くの坂道を、こちらに下りてきた。

祐輔は清流の中に立って、美波を夢見心地で見ている。

そのまま美波は川に入ってくると、いきなり祐輔に抱きついてきた。

慌てて抱きとめ、危うく清流に一緒に倒れ込みそうになるのをこらえる。

これこそ恋人同士じゃないかっ。キャンプ場でじゃれあうカップルだっ。端《はた》から見ればむかつくだけだが、当人になると、この上なく楽しい。思わず口元がにやける。

「重くないかしら」

「いいや、軽いよ」

本当っ、と言いつつ、美波は両足を祐輔の腰にまわしてきた。

全身で祐輔に抱きついていて、密着度が上がる。Tシャツ越しに、ぷりっと張ったバストの感触を覚えた。

「どうするの」

「えっ……」

「このまま、抱いたままでいるの」

顔が近い。夢にまで見た美波の美貌が息がかかるほどそばにある。肌の肌理《きめ》が細かいのがわかる。

祐輔は美波の唇を奪っていた。

やわらかな感触に、全身が熱くなる。舌で突くと、美波が唇を開いてきた。すぐさま、舌を入れる。すると、美波の方からからめてきた。

「うんっ、うっんっ」

いきなり抱きつかれ、いきなりのベロチューだ。

再会して、まだほとんど話らしい話をしていない。でも、こうして抱きつかれ、舌をからめている。

話なんていらないのかもしれない。キスして、舌をからめれば、この一年間の思いは伝わるのだ。

美波が唇を引いた。両腕両足を離すと、清流に降りる。ぱちゃんと川の水が弾け、ショートパンツから伸びている白い生足を濡らす。

「あれから、今日が十度目です」

と美波が言う。

「十度目って……もしかして、この一年でここのキャンプ場に十度来ているのっ」

「そう。祐輔さんに会えるかなって思って……」

美波の頬がほんのり染まる。

「僕もよく来ていたんだっ。美波さんに会いたくて。それに、アウトドアショップに毎週末、出かけていたんだ」

「あの時も？」

「そう」

「声を掛けてくれればよかったのに」

「友達がいただろう」

「ああ、なるほど……ソロキャンパーですものね」

と美波が納得した顔をする。

「あの友達とはキャンプしないのかい」

「私もソロキャンパーだから」

わかるでしょう、という目で見つめてくる。わかるよ美波、と祐輔はうなずいた。

「今日は、絶対会えると思っていたの」

「記念日だからだろう」

「そう」

美波が微笑む。

「僕も会えると思っていたよ。うれしいよ、美波さん」

美波も一年前の今日の日を覚えていてくれたなんて。

「薪、拾いに行きましょう」

そう言うと、美波が清流を渡り、川岸へと向かう。

美波の後ろ姿を見る。ショーパンから伸びている生足に見惚れ、華奢な背中のラインにため息をつく。

先に清流から上がった美波が、

「祐輔さん、はやく」

と手招く。すると、Tシャツがぴたっと貼り付く胸元が動く。

たまらない。やっぱり、美波は最高だ。

美波がテントを通り過ぎ、さらに奥へと向かっていく。祐輔も急いで美波の生足を追いかける。

奥はちょっとした山になっていて、そこを美波が登っていく。当然、祐輔は見上げることになる。

ショートパンツがぴたっとヒップに貼り付いていた。太腿は適度にあぶらが乗っていて、ふくらはぎはやわらかそうだ。足首はきゅっと締まっている。

あそこの締まりもいいのだろうか。ふと、智美の強烈おま×こを思い出し、祐輔のペニスが疼く。

美波の足首を見て、なぜ智美のおま×こを思い出すんだっ。美波に失礼だろうっ。

「あっ、たくさんありますっ」

と言って、美波が上体を倒す。すると無防備にヒップが上がり、ショートパンツの裾も上がった。

ぷりっと張った尻たぼがのぞく。パンティが見えない。どうやらTバックのようだ。

祐輔はまたも、美波の後ろ姿に見惚れる。

「祐輔さんも美波のお尻ばかり見ていないで、薪拾い、手伝って」

「えっ、いや、見てないよ」

「いいから、手伝って」

はい、と祐輔はあわてて登る。

美波の隣に並んで進むと、確かに手頃な木の枝がたくさん落ちている。

祐輔も上体を伏せ、しばらく一緒に薪になる木の枝を拾った。

ややあって、胸元にたくさんの枝を抱えた美波が体を起こすと、ただでさえ短いTシャツの裾がたくしあがった。

平らなお腹があらわとなり、縦長のへそにどきりとする。さらに間近にある太腿に、視線が引き寄せられる。

「祐輔さん、なんか童貞みたいよ」

と美波が言い、祐輔は思わず、

「もう童貞じゃないよっ」

と叫んでしまう。すると、

「やっぱり」

と美波が言った。

「えっ……」

祐輔は美波を見上げる。

「やっぱりね。一年前の祐輔さんとなにか違うと思っていたの。そういうことだったのね」

「い、いや……」

「一年前は童貞だったんでしょう」

「いや、どうして……」

「だって、先っぽを撫でただけで、出しちゃっていたもの」

「すいません……」

と謝る。

「一年たって、童貞ではなくなったたってことね」

「い、いや、それは……」

「祐輔さん、この一年で、大人になったのね」

薪を抱えたまましゃがむと、美波はちゅっと祐輔の口にキスしてきた。そして立ち上がり、斜面を下りていく。

「えっ、美波さん……」

このチュウはいったいどんな意味があるのだろうか。この一年で男になったということは、この一年で美波以外の女とやったことを意味していたが、美波は特に怒ってはいないようだ。

まあ、付き合っているわけではなかったから、この一年、祐輔がなにをしようと、美波が非難する筋合いでもないが。

もしかして美波も、この一年の間に誰かと関係を……？

美波はこの一年で、美貌にさらに磨きがかかっている。そもそも、彼氏がいない方が不思議なくらいなのだ。

美波はテントに向かって行く。すらりと伸びた白い足が、遠ざかっていく。

祐輔は急いで薪を拾い、胸元に抱きかかえると、美波のあとを追った。

## 4

遅れてテントの前に戻ったが、美波の姿はなかった。薪が置いてあるだけだ。

「えっ……美波っ!?」

祐輔はあせった。この一年で、美波以外の女とやったことがいけなかったのか。どうして、正直に話してしまったのか。美波相手だとなぜか、なんでもすらりと話してしまうのだ。

恋人同士のようだ、などと思って喜んでいたが、はやくも暗雲が垂れ込めてきた。

とにかく、美波のテントに行こうっ。

祐輔は薪を置くと、滝の上へと走る。

美波を見つけた。畳んだテントをリュックに入れているところだった。こんな時でも、白い太腿やショーパン越しのヒップラインに目がいってしまう。確かにこれじゃあ、童貞みたいじゃないか。

「美波さんっ」

駆け寄りつつ声を掛けると、美波が振り返った。

「あら、どうしたの」

と怪訝《けげん》な顔で見上げる。

「美波さんっ」

あせって言葉が出ない。止めないとっ。謝って、ここから去ってしまうのを止めないとっ。ここで美波を逃したら、一生後悔するっ。

「焚き火、もう点《つ》いたの？」

「えっ」

「コーヒー飲みたいな」

と美波が言う。

「コ、コーヒー……」

「持って来ていなくても大丈夫。私がドリップコーヒーを持ってきているから」

美波がリュックを背負う。

「なに、泣きそうな顔をしているの。祐輔さん、変よ」

と美波がつんつんと祐輔の頬を突いてくる。

「さあ、行きましょう」

テントをリュックに詰めていたのは、帰るのではなく、祐輔のテントに移動するためだったようだ。

ほっとしたら、その場で泣きそうになった。我ながらなんとも情けない。

美波が先を歩く。それを祐輔は追う。

どうやら美波は怒っていない。テントを移動するということは、祐輔のテントで一晩過ごすということだ。

それしかない。それしか考えられない。

一晩過ごす。数ヶ月前の、智美との夜が思い出される。寝袋で裸で抱き合った夜。

今夜は、相手が美波になるのだ。

祐輔はうれし涙をにじませていた。

枯れ木に火が点いた。それを、組み上げた薪の中に入れていく。火が移り、炎が上がっていく。

すべて美波がやっていた。なかなかの手際の良さだ。

「上手だね」

「ソロも長いから」

炎を見つめつつ、美波がつぶやく。

ソロが長い。ということは美波はこの一年、彼氏は出来なかったのか。気になる。祐輔は瑠璃で男になり、智美とはおま×こに入れたまま眠っていたが、それでも美波は誰ともしてないことを願った。

身勝手だとは思うが、こればかりは自分の気持ちに嘘はつけない。

「やっぱり、焚き火を見ているとと落ち着くね」

と美波が言う。

「そうだね」

美波に男がいるのかどうか、気にしている自分が情けなくなる。

「お水、汲みに行こう」

そう言うと、美波が自分のリュックから水筒を取り出す。そして立ち上がった。清流へと向かう。祐輔は後をついていく。

川岸で美波がしゃがむ。また、ショートパンツの裾がたくしあがり、尻たぼがあらわれる。むっちりとした尻肉が踵《かかと》に載った。

美波が上体を倒し、水筒に清流の水を入れていく。

そして水筒を美貌の上まで持ってくると、美波は唇を開いた。水筒を傾《かたむ》ける。水が落ちてくる。それを美波が喉で受け止める。豪快でありつつ、なんともセクシーな飲みっぷりだ。

祐輔は美波の仕草に見惚れた。

「普段はこんな飲み方しないのよ。キャンプの時だけね。美味しいわ」

手の甲で、唇からあふれた水を拭う。その様子も色っぽい。

祐輔は美波に迫った。あごを摘まむと、唇を奪う。考えるより先に、身体がそう動いていた。

すると、待ってましたというような感じで、美波が舌を入れてきた。ぴちゃぴちゃと舌と舌がからまる。

祐輔の全身を流れる血が一気に沸騰《ふっとう》する。

祐輔は美波と舌をからめつつ、右手をお腹に伸ばした。そろりと撫で、そのまま上げていく。裾が短めのTシャツがたくしあがり、ブラに包まれたバストの隆起があらわれる。

祐輔はそれをブラカップ越しに摑む。

「う、ううっ」

火の息を吹きかけられた。

ブラカップ越しに揉み続けていると、美波の手がジーンズの股間に伸びてきた。フロントのボタンを外してくる。

えっ、と思った時には、フロントジッパーも下げられていた。

美波の手が中に入ってくる。もっこりとしているブリーフの上から掴まれた。

「あっ……」

今度は祐輔が声をあげていた。

「男になったおち×ぽでしょう。今日はすぐには出さないわよね」

と言うなり、ジーンズとブリーフを下げ、鎌首を手のひらで包んできた。

「あっ、それっ、ああ、美波さんっ、それっ……」

舌をからませた瞬間から、我慢汁を出していた。それを潤滑油代わりにして、美波が鎌首を撫でてくる。

「あっ、ああっ……だめだよ……ああ、先っぽ、だめだよっ」

一年年前を思い出す。あの時は、石けんの泡を塗した手のひらで撫でられ、すぐに出してしまっていた。

「男になったんでしょう。我慢しなさい」

そう言いながら右手のひらで鎌首を撫でつつ、左手の指の腹で裏筋をなぞってきた。

「あっ、だめっ」

祐輔ははやくも暴発しそうになった。

が、ぎりぎり出さなかった。祐輔が大人になったのではなく、美波が鎌首の撫で撫でを止めたからだ。

「だめよ。私のショーパンをザーメンまみれにしないでね」

「しません……」

祐輔は腰をくねらせている。鎌首撫では一時休止だったが、裏筋なぞりは続いていたからだ。

「どうして、私以外の女で男になったのかしら」

そう聞きつつ、またも、鎌首撫でを再開する。

「ああっ、それ、それだめですっ」

いつの間にか、敬語になっている。

「どうして？」

「すいませんっ。美波さんで男になるべきでしたっ」

「そうよね、祐輔さん」

さらに鎌首撫でと裏筋くすぐりは続いている。

一方的に責められていた祐輔の視界に、ブラカップからこぼれそうなバストの隆起が入ってくる。そうだ。反撃だっ。

祐輔は腰をくねらせつつ、右手を伸ばすと、ブラカップを摑み、ぐっと下げた。

すると、ぷりっと張った見事なお椀型《わんがた》の乳房がこぼれ出た。乳首も乳輪も淡いピンクだ。乳首はわずかに芽吹いているだけだ。

「綺麗だ」

と思わずつぶやく。そして、じかに摑んでいった。

「あっ……」

むんずと揉むと、美波が敏感な反応を見せた。鎌首撫での手が止まる。

いいぞ、これだっ、ともう片方の手でも魅惑の膨らみを摑んでいく。美波の乳房は弾力に満ちあふれていた。ぐっと揉み込むと、奥から弾きかえしてくる。そこをまた、揉み込んでいく。

「あ、ああっ……あうっんっ……」

鎌首撫でだけではなく、裏筋なぞりも止まっている。

美波のふたつの乳房をこねるように揉んでいく。手のひらに乳首を感じた。どうやら、勃ちはじめたようだ。

祐輔は手を引いた。やはり、乳首がつんととがっている。

それを目にした瞬間、祐輔はしゃぶりついていた。またも、勝手に身体が動いていた。乳首を口に含み、じゅるっと吸う。すると、

「あんっ……」

と美波が甘い声を洩らした。

感じているぞっ。乳首が感じやすいんだっ。祐輔は口を引き、すぐさまもう片方の乳首に吸い付いていく。ちゅうっと吸いつつ、唾液まみれの乳首を摘まみ、ころがしていく。

「あっ、あんっ、だめ……こんなところで、恥ずかしい……」

大丈夫だ。サイトのかなり奥まで来ている。ソロキャンプをするために、人目がつかないところに来ているのが功を奏している。

美波がペニスを摑んできた。ぐいぐいしごきはじめる。

「ああっ、それっ」

祐輔は乳首から口を離し、声をあげる。

美波は爛々《らんらん》と光らせた瞳で祐輔を見つめ、右手でしごきながら、左手の手のひらで鎌首を包んできた。すぐさま撫ではじめる。

「あ、ああっ、だめだめっ」

祐輔は女のような声をあげる。

清流の脇で、おっぱい丸出しでペニスをしごく美波は、エロすぎた。

「出そうだよっ。ああ、ショーパンに掛かるよっ」

「だめっ。我慢してっ」

と言いつつも、しごく手は止めない。

「う、ううっ、ううっ」

祐輔は真っ赤になって耐える。そして揺れるバストに手を伸ばし、あらためて摑んでいく。ぐぐっと揉み込む。

「ああっ……」

美波があごを反らす。かなり感じているようだ。が、今度はペニスから手を離さない。

「ああ、出るよっ、出るよっ」

「だめっ、我慢っ」

美波が激しく鎌首を撫でてくる。もう限界だった。

「あっ、出るっ」

「えっ……」

と美波が鎌首から手を引いた瞬間、祐輔は暴発させていた。

勢いよく噴き出したザーメンが、見事にショートパンツを直撃する。薄いブルーのショーパンに次々と白い礫《つぶて》が掛かっていく。

「あ、ああ……うそ……」

ショートパンツがどろどろに汚れていった。

# 第六章　二人キャンプの朝

## 1

美波がショートパンツのフロントボタンに手を掛けた。

あっと思った時にはボタンは外され、続けてフロントジッパーも下げられる。

まさか、脱ぐのか。

「ぬ、脱ぐの……」

「洗わないと、いけないでしょう」

射精する寸前に手を引いたため、美波のほっそりした美しい指は、ザーメンに汚れていない。代わりにショートパンツには、べっとりと祐輔の性液がついていた。

「ご、ごめん……」

美波は無言のまま、祐輔が見ている前で、夕方の清流の河原でショートパンツを下げていく。

するると当然のことながら、パンティがあらわれた。

「パ、パンティっ」

と思わず声をあげてしまう。

「パンティ、珍しいかしら。もしかして、生パンティ見るの、はじめて？」

と美波が言う。やはり、大事なショートパンツにザーメンを掛けられて、怒っているように見える。でも、美波の怒った表情も悪くない。いや、むしろ良かった。

それになにより、恥部に貼り付くパンティが見られた。

美波は白のパンティを穿いていた。清楚な色だが、生地は大人らしい色気にあふれた代物だ。

まず、フロントがシースルーになっている。本来隠すべきところが、透け透けになっていた。一年前も白のパンティで、股間が透けてアンダーヘアーが見えたが、あの時は濡れて透けていた。が、今は、そもそも透け透けの布地なのだ。

祐輔は思わず、見入ってしまう。

美波はなにも言わず、ショートパンツをふくらはぎから足首へと下げていく。

裾が短めのTシャツとパンティだけになると、その場にしゃがんだ。そして清流にショートパンツを浸けていく。

踵に乗った尻たぼがたまらない。やはりTバックだった。白のTバック。清楚色なのに、セクシーだ。

祐輔はショーパンを洗う美波の隣に立ち、そのエロい後ろ姿を見つめていた。

すると、美波が横を見た。ちょうどそばに、祐輔のペニスがある。たった今、大量にショートパンツにザーメンを放出していたが、萎えてはいなかった。

萎える前に、美波の透け透けTバックパンティに興奮して、硬さを維持していた。

「なに、あんなに出したのに。もう、こんなになっているの」

と美波が怒ったようにそう言う。

「す、すいません……でも……」

「でも、なに」

と美波が見上げてくる。怒ったような眼差しに、ペニスがひくつく。

「いや、その……美波さんの透け透けパンティが……その……」

「やっぱり、祐輔さん、まだ童貞ね。違うと思ったのは、私の勘違いのようね」

と言うなり、ちゅっと先端にキスしてきた。

「あっ……」

不意をつかれ、素《す》っ頓狂《とんきょう》な声をあげる。

すると美波は笑顔を見せ、そのまま舌を出すと、ねっとりと先端にからめてくる。

「ああっ、それっ……ああっ……」

鎌首にからむ美波の舌を見ていると、それだけで、あらたな先走りの汁が出てきた。

「あら、もう……出し足りないのかしら」

「出し足りないです、ぜんぜん、出し足りないです」

たくしあげたTシャツは鎖骨で止まったままだ。だから、お椀型の乳房も丸出しのままだ。それが夕日を受けて、朱色に染まっている。

乳首はつんと、とがったままだ。

「また、美波を汚すつもりなの」

美波を汚す、というワードに、危うく暴発しそうになる。実際、美波の鼻先でペニスが大きくひくついた。

それを追うように、美波がちゅっちゅっとキスしてくる。

「ああ、美波さん……」

「童貞のままだって、白状しなさい」

鈴口《すずぐち》を舌先で突きつつ、美波がそう聞いてくる。

「ああ、そうです……童貞のままです……」

流されて、そう言っていた。

「でも、なにもなかったわけではないでしょう」

「すいません……」

と祐輔は謝る。

「何人の女が、しゃぶったのかしら」

「えっ……」

「このおち×ぽを」

と言うと、美波はショートパンツを清流から引き上げ、それを持ったまま鎌首を咥えてきた。くびれまで口内に含むと、強く吸ってくる。

「ああっ……」

くびれから引き抜かれそうな勢いに、祐輔は腰をくねらせる。

美波が胴体まで咥え、一気に根元まで頬張ってくる。

「ああ、ああっ」

祐輔の情けない声だけが、夕暮れのキャンプ場に響く。

こちらが立っていて、相手がしゃがんだままだと、反撃のしようがない。美波のフエラは気持ち良すぎて、またも出してしまいそうだ。

美波が唇を引いた。

「何人の女がしゃぶったの」

「美波さんがはじめてです」

「うそっ」

と言って、また咥えてくる。

濡れたショートパンツを持った手を、祐輔のお尻にまわし、深く咥えると、美貌を上下させはじめる。

「うんっ、うっんっ」

「あ、ああっ、ああっ、それ、それっ」

口ま×こ責めに、祐輔は悶える。さっきショーパンに掛けていなかったら、とっくに出していただろう。

「うっんっ、うんっ、うん、うっんっ」

美貌が上下するたびに、たわわに実っている乳房も上下に揺れる。その眺めがたまらない。

「ああ、また出そうですっ」

そう叫ぶと、美波が唇を引いた。ねっとりと唾液の糸が引く。

それをじゅるっと吸うと、

「だめよ、出したら。後に取っておかないと」

と悪戯《いたずら》っぽい表情で美波が言った。

「あ、後に……」

エッチをするということだっ。間違いないっ。ザーメンをショートパンツに掛けられた怒りは、もう鎮《しず》まったようだ。

「これ、干さないと」

と言うと立ち上がり、Tシャツの裾を戻した美波がテントへ戻っていく。

またも、祐輔は美波の後ろ姿に見惚れてしまう。今度はヒップが丸出しなのだ。すらりと伸びた足を前に運ぶたびに、尻たぼがぷりっとうねる。

歩いているだけで、男を挑発している感じだ。本人にはそんな気はないのだろうが、いい女のいい尻はそれだけで罪だ。

美波の尻が視界から消えると、祐輔は我に返った顔になり、あわてて追おうとする。

だが、膝上にまで下げられていたジーンズが邪魔をして、前のめりに倒れそうになった。

よろめきつつジーンズをブリーフといっしょに引き上げる。すでにびんびんになっていて、なかなかブリーフに収まりきらない。無理矢理入れ込み、ジーンズのジッパーを上げる。

「水筒、おねがいっ」

と向こうから美波の声がする。川べりに水筒が落ちていた。思えば、コーヒーを飲むために水を汲みにきたのだ。本来の用事を忘れてしまっていた。

祐輔は水筒を拾うと、歩きはじめた。

## 2

テントに戻ると、美波が焚き火のそばの木と木にロープを張っていた。

背伸びする形となり、Tシャツの裾がまた上がって、ブラカップがのぞく。下半身はパンティだけで、透け透けの恥部がたまらない。

美波にその気はなくても、挑発しっ放しだ。

美波がロープに、絞ったショートパンツを掛ける。

祐輔が水筒を手渡すと、ありがとう、と水筒を受け取り、小さな鍋に浄化させた清流の水を入れていく。水筒は先端に浄水器がついているタイプだ。

鍋を焚き火に掛け、美波が生足を斜めに流す形に座る。

お腹丸出しで、下半身はパンティだけ。

無理矢理ブリーフに押し込んだペニスがぴくっと動く。

隣に座ると、甘い薫りが漂ってくる。汗の匂いだ。

すぐにお湯が沸いた。美波が持参したドリップコーヒーをマグカップに載せて、お湯を注ぐ。ひとつだけだ。というか、美波はひとつしかマグカップを持っていない。

ソロキャンプだから当たり前だ。逆にふたつ持っていたら、変だ。

祐輔が自分のマグカップを出そうかどうか迷っていると、

「いっしょに飲みましょう」

と美波が言った。

いっしょに飲む、という言葉だけでも感激する。

「いいですか」

とまだ、敬語を使っている。

「いいわよ」

と言って、美波が祐輔を見つめる。美波の瞳は妖しい潤みを湛えている。ペニスをしごき、そしてしゃぶって発情したままのように見える。

祐輔は一度出していたが、美波は鎮まっていないのだ。

『だめよ、出したら。後に取っておかないと』

美波の言葉が祐輔の脳裏に浮かぶ。

後に……後で、口ではなく、おま×こに……。

美波がドリップコーヒーをマグカップから下ろした。そして、マグカップを唇へと運ぶ。思わず、横顔に見惚れてしまう。

「はい、どうぞ」

と美波がマグカップを渡してくる。ありがとう、と受け取って飲んでいく。美味しい。美波が飲んだ同じマグカップで飲んでいるから、そう感じるのだと思う。

日が落ちると、一気にまわりが暗くなった。なんせ外灯などないのだ。明かりは目の前の焚き火だけ。

ランタンを出すことにした。焚き火から火を貰《もら》い、ランタンに点ける。そしていつもの切り株に置いた。

「綺麗」

と美波がつぶやく。

そして、ランタンのそばに寄っていく。ちょうど祐輔の前に、Tバックのヒップを突き出す形となる。

当然というか、牡の本能というか、祐輔は手を出していた。

そろりと剝きだしの尻たぼを撫でる。

美波はなにも言わなかった。さらにそろりと撫でていると、美波がランタンを手に、こちらを見た。

「あっ、美波さん……」

美波の美貌がランタンの炎に浮かび上がっていた。

それは震えがくるほど美しく、そして妖艶だった。美波もこの一年でなにかあったのではないだろうか。より、女っぷりに磨きがかかっていた。

でも祐輔と同じく、今日はソロキャンプなのだ。彼氏が出来ていたりすれば、ふたりで来ているだろう。なにかあったかもしれないが、今はソロで間違いない。

美波がランタンを下げていく。すると高く張った胸元、平らなお腹があらわれ、透け透けのパンティが貼り付く恥部が炎に浮かび上がる。

「どうかしら」

「エ、エロ……」

「えっ……」

「セクシーだよ……ああ、エロいよっ」

と叫ぶなり、祐輔は美波の足元に膝をつき、パンティが貼り付く恥部に顔を埋めていった。ぐりぐりとこすりつけると、額がクリトリスに当たったのか、

「あっ、あんっ」

と美波が甘い声を洩らす。

祐輔は顔面を押しつけたまま、パンティに手を掛け、下げていく。

すると、今度は恥毛がふわっと祐輔の顔面を掃いてきた。

「ああ、恥ずかしい」

と言いながら、美波の方から恥部を押しつけてくる。

「う、うう……」

顔面が、美波の匂いに包まれる。汗の匂いではなく、美波のおま×こからにじんでいる牝の匂いだ。

祐輔はクリトリスを口で探り当て、ぺろりと舐めていく。

「あっ、だめっ」

美波の身体がぶるっと震える。

祐輔はクリトリスを口に含んだ。そして、ちゅうっと吸っていく。

「あっ、ああっ、だめだめ……」

美波の身体がうねる。それと同時に、ランタンの炎も揺れる。

祐輔は口を引いた。美波の恥部が、ランタンの炎に浮かび上がっている。

エロいっ。これまでランタンの炎に浮かび上がる切り株や苔《こけ》を見てエロいと感じていたが、女体のエロさは別次元だ。

美波の恥毛は薄めだった。恥丘を品よく飾っている。すうっと通った割れ目の左右には産毛《うぶげ》程度の恥毛が生えているだけだった。

あらわになっている割れ目を見て、処女ではないと思った。瑠璃や智美の割れ目と同じ匂いを感じた。

割れ目に指を添える。

「ああ、開くのね……」

「開くよ」

「見たいのね……」

「見たいよ。ランタンの炎で、美波さんのおま×こを見るのが夢だったんだ」

そう言うと、美波が恥じらいつつも、うふふと笑う。

「変な祐輔さん。童貞っぽいわ」

祐輔は割れ目をくつろげていく。ピンクの粘膜が見えた、と思った瞬間、だめ、と美波が手のひらで覆《おお》った。

祐輔は美波の手首を摑み、脇にやろうとする。すると、だめ、と美波が逆らう。が、祐輔は力を入れる。すると、美波の手のひらが割れ目から離れた。

「ああ、強いのね……」

強く出られたことで、美波は感じているようだ。ただただ、はやくおま×こを見たいだけだったが。

あらためて、割れ目に指を添える。そして、くつろげていく。

ピンクの粘膜があらわれた。それがランタンの炎で浮かび上がる。

「ああ、すごい」

「えっ、なにがすごいの……ああ、恥ずかしい……」

祐輔はさらに割れ目を開いていく。美波のおんなの粘膜があらわとなり、幾重にも連なった肉の襞が、蠢いている。それは誘っているようだ。

「動いているよ、美波さん」

「ああ、当たり前でしょう……生きているから……」

そうだ。当たり前だ。でも、美波が股間の奥に、こんな淫らで、こんなエロティックなものを秘めて、しかも動いているなんて、女体の神秘を今更ながら感じる。

それになにより、ランタンの炎を受けて絖光る粘膜がたまらなかった。

これまでランタンの炎に浮かべて見たものの中で、とびきりエロく、美しかった。

「綺麗だ。すごく綺麗だよ、美波さん」

「ああ、うれしいわ……ああ、なんだか、すごく感じるの……ああ、ランタンの炎で見られていると思うと、すごくエッチな気分になるのね」

さすが、ランタンを愛するキャンパーだ。

「おま×こって、ランタンの炎がすごく合うんだよ。ああ、美波さんにも見せてあげたいよ」

「ああ、見たいわ。私も見たい……」

肉の襞がきゅきゅっと動く。祐輔は誘われるように、人差し指を入れていく。誘ってくる穴を見たら、なにかを入れたくなるのは牡の本能だと実感する。

「あっ……」

美波の股間がぶるっと震える。

祐輔は右手の人差し指を入れていく。美波の媚肉は燃えるように熱かった。肉の襞がざわざわと指にからみつき、締めはじめる。

「あ、ああ、いやいや……恥ずかしい……」

恥じらいつつも、美波はランタンの炎を自分の恥部に向け続けている。

祐輔はもう一本、中指も美波の中に入れていく。美波の中はかなりきつい。二本でもやっとだ。

「ああ、二本なんて……だめだめ」

と言いつつも、美波はきゅきゅっと締めてくる。

祐輔は奥まで入れると、二本の指で美波の媚肉を掻き回す。と同時に、左手の指でクリトリスを摘まみ、ころがしていく。

「あっ、ああっ……ああっ」

美波の声がにわかに甲高くなった。ぶるぶると下半身がうねる。ランタンもうねり、炎が揺れる。

美波の恥部だけが、クローズアップされている感じだ。

「だめだめ……だめだめっ」

おま×ことクリトリスのダブル責めは、かなり効いていた。興奮しつつも、落ち着いてダブル責めが出来るのは、やはり瑠璃と智美を相手にした経験の賜《たまもの》だ。

「あ、ああっ、恥をかいちゃうっ……」

美波が今にもいきそうな声を出した時、祐輔はクリトリスから指を引き、掻き回す指を止めた。

「あんっ……」

美波がどうして、というように鼻を鳴らす。おま×こはさらなる責めを催促《さいそく》するように、強く締めてくる。

祐輔はクリトリスを摘まみ、ころがすと、また媚肉を掻き回していく。

「ああっ、いい、いいっ……ああ、気持ちいいのっ……ああ、信じられないっ」

股間からはぴちゃぴちゃと蜜が弾ける音がする。美波の中は、かなり濡れていた。

「ああ、いきそう……ああ、いきそうっ」

また、祐輔はクリトリスから手を引き、指の動きを止めた。

「あんっ、祐輔さんっ」

美波がなじるような目で見下ろしてくる。

「いきたいの？」

「ううん……恥ずかしいから……」

なじるような目で見下ろしつつも、いきたくないと言う。それでいて、おま×こはいかせて、と締めてくる。

「おま×こは、いきたいって言っているみたいだけど」

と祐輔が言う。

「あんっ、いじわる……ああ、祐輔さんって、童貞じゃなくなって、いじわるになったんですね」

とさらになじるような目で見下ろしてくる。

じらしのテクを見て、やはり、経験済みだと思ったようだ。

「いじわるの方が、好きなんじゃないのかな」

と言って、ぺろりとクリトリスを舐め上げる。

「はあっ、あんっ」

下半身がぶるっと震え、おま×こが万力のように締まる。

祐輔はクリトリスを舐め上げ続ける。

「あ、ああっ、ダメダメ……ダメ、いきそう、ああ、いきそう……ダメダメ、恥ずかしいっ」

もういきますっ、と声を出した時、祐輔はまた、クリトリスを舐めるのを止めた。

「あんっ、どうしてですかっ、ああ、いかせてくださいっ、もうじらされるのはいやですっ」

今度は美波が敬語を使っている。

「いきたいの？」

「ああ、おねがいですっ、いかせてくださいっ、祐輔さんっ」

祐輔を見下ろす美波の瞳にはうっすらと涙がにじんでいた。

その涙に、祐輔は興奮した。クリトリスを摘まみ、軽くひねりながら、二本の指でおんなの穴を激しく責めた。クリを舐めなかったのは、美波のいき顔をはっきりと見たかったからだ。

「あ、ああっ、あああっ、ダメダメ……ああ、ダメダメッ……」

もう祐輔は止めなかった。責め続ける。

「ああ、あああっ、ああっ、い、いく……いくいくうっ」

ついに、美波がいまわの声をあげて、ランタンの炎に浮かぶ身体をがくがくと痙攣させた。

祐輔は二本の指に心地良い締め付けを受けつつ、美波のいき顔を見上げる。下からだから、あごが反り、喉が震える恥態が見られた。

3

「はあっ、ああ、ああ、はあっ」

美波はアクメの余韻に浸っている。

下半身がぴくぴくと動き、そのたびに、ランタンの炎が動く。

祐輔は二本の指を抜かずにいた。おま×この締め付けを味わい続ける。

「いっちゃった……」

と言って、美波がはにかむような笑顔を見せる。そしてしゃがみこんでくると、ちゅっとキスしてきた。

舌をからめようと、唇を引き、

「ありがとう……」

と言った。

「えっ……」

「私、あまりいかないの……いえ、めったにいかないの……。だけど今日は、ああ……すごくエッチな気分になって、すごく祐輔さんの舌と指に感じてしまったの」

今度は美波の上気した美貌が、ランタンの炎に浮かび上がっている。

綺麗だった。いった直後の顔は輝いて見えた。

「良かった」

と祐輔は言う。

「ああ、指、どうするの？」

と美波が聞いてくる。

「どうしようか」

わざと聞く。

「……もう……童貞じゃなくなった途端、いじわるな祐輔さんになるのね」

「そんなことないよ」

と言って、二本の指を動かしていく。

「あっ、あんっ」

美波は敏感な反応を見せる。

祐輔は二本の指でいったばかりの媚肉をまさぐる。

「あんっ、あっんっ……やんっ……」

美波の肉の襞がざわざわと祐輔の指の動きに応え、あらたな愛液が大量に出てきた。

「ああ、ああ」

美波が左手でしがみついてくる。右手ではランタンを持ったままだ。

祐輔は指の動きを激しくしていく。ぴちゃぴちゃと淫らな蜜音が聞こえる。

「あ、あああっ、あああっ」

美波が目の前で火の息を吐き続ける。

瞳は開いたり、閉じたりしている。祐輔の顔を見ようと開くものの、指責めに思わず瞳を閉じてしまうのだ。

「ああ、ああっ、もう、もう……いきそう……ああ、うそうそ……もういっちゃいそうなのっ……ああ、いったばかりなのに……いきそうなのっ」

おんなは一度いったら、いきやすくなると聞いていたが、やはりそのようだった。

「あ、ああっ、ダメダメッ、また、い、いく……いくいくっ」

はやくも美波はいまわの声をあげて、がくがくとTシャツだけの半裸の身体を痙攣させた。

美波のおま×こはやけどしそうなくらい熱く燃えていた。愛液もあふれだし、もうぐちょぐちょだ。

祐輔は真正面から美波のいき顔を見ていた。

恍惚《こうこつ》とした表情がランタンの炎を受けて、エロティックに浮き上がっている。

祐輔は美波のいき顔を見て、暴発しそうになっていた。顔だけでも、出してしまいそうだ。それくらい、そそった。

「ああ、続けて二回なんて……生まれてはじめて、祐輔さん」

そう言って、美波が瞳を開く。淫らに潤んだ眼差しに、祐輔は昂ぶり、おんなの穴から二本の指を抜くと、ジーンズのボタンに手を掛ける。外すと、ジッパーを下げて、急いで脱いでいく。

もうとにかく、美波に入れたかった。今まで指で感じていたおま×こを、ち×ぽに感じたかった。

ブリーフから鎌首がはみ出ている。先端は白く汚れている。

美波はそれを熱い眼差しで見つめている。

祐輔はブリーフも脱いだ。今度はランタンの炎に、祐輔のペニスが浮き上がる。見事な反り返りを見せて、我ながら、いい勃ちっぷりだと思った。

美波がすうっと唇を寄せてきて、ぺろりと鎌首を舐めてくる。

「ああ、美波さん……」

興奮しきったペニスの先端はかなり敏感になっていた。

祐輔は美波の手を摑むと、テントの中に誘おうとする。すると、美波が、

「焚き火の前で……抱いて……」

とつぶやく。

「でも、マットないよ」

テントには寝袋があるだけだ。

「四つん這いなら……」

と美波が恥じらいつつも、そう言う。

「よ、四つん這い……」

いきなりバックだ。美波といきなりバックで繫がるんだっ。

美波が切り株にランタンを戻した。Tシャツの裾に手を掛けて、たくしあげていく。

ブラに包まれたバストの隆起が再びあらわれる。

美波は祐輔を見つめつつ、Tシャツを脱ぐ。背中に両手をまわしつつ、

「祐輔さんも脱いで……」

と甘くかすれた声で言う。祐輔はうなずき、美波がブラカップを外すと同時にシャツを脱ぎ、Tシャツも脱いでいった。

お互い、生まれたままになると、どちらからともなく抱きついていく。

美波の美麗な乳房を胸板にじかに感じる。それだけではない。鋭敏になっている鎌首は、恥丘に当たっている。

舌をからめつつ、美波の方から恥丘を押しつけてくる。自らクリトリスを押し潰してくる。

「ああっ、このまま入れて、祐輔さん」

と美波が言う。

このまま。立ったまま、抱き合ったままか。かなりレベルが高い結合の仕方だ。

美波がさらに割れ目をこすりつけてくる。すると、鎌首が割れ目の中にめりこんでいった。ここだっ、と突き出すも、中が濡れ過ぎてぬらりと鎌首が滑り出た。

「あんっ……」

美波がむずかるように鼻を鳴らし、さらに裸体を強くこすりつけてくる。身体全体で、美波の裸体を感じる。

祐輔は再び入れようと、鎌首を割れ目に押しつけていく。またも、入った。やったっ、と腰を突き出すも、今度は押し出される。

「あんっ、入れて。ぶちこんで」

と美波がエロい言葉を使う。

「ああ、ぶちこむよっ、美波さんのおま×こにぶちこむぞっ」

そう宣言して、みたび、鎌首を割れ目に向けていく。今度はなかなか的を捉えることが出来ない。あせって、クリトリスを突いてしまう。

「あんっ、そこじゃないわ……もう、いじわるしないで……ぶちこんで、祐輔さん」

じれた美波がキスしてくる。口を塞がれる。キスしつつも立ったままの結合となり、さらに難易度のレベルが上がる。

「うんっ、うっんっ」

美波と舌をからめつつ、祐輔はよたび挿入を試みる。

鎌首が入った。ここだっ、と腰を突き出す。すると、今度はずぶずぶっと入っていった。

「う、ううっ」

火の息が吹き込まれる。入れた瞬間、美波の裸体が震えていた。その震えを、全身で感じることが出来た。

燃えるような粘膜を今度は指ではなく、ち×ぽに感じる。

「あ、ああ、ああ……おち×ぽ……ああ、おち×ぽ……」

唇を引き、美波がち×ぽを連発する。

祐輔はそのまま押し込んでいく。美波の媚肉はどろどろだったが、それでも窮屈だった。肉襞をえぐるような形で、奥まで貫《つらぬ》く。

「あうっ……ああ、また、いきそう……」

突き刺されただけで、またいきそうなのか。

「あんっ、いつもは違うの……誤解しないで……いつもは違うの……こんなにエッチじゃないの……ああ、祐輔さんだからよ……祐輔さんのおち×ぽだから、あ、ああっもういきそうなのっ」

だめっ、と言いつつ、美波の方から深く咥えこんでいく。先端が子宮に当たった。

「あうっ……いく……」

短く告げ、汗ばんだ裸体を痙攣させる。おま×こも痙攣している。

「あ、ああっ、すごいよっ、美波さんっ」

まだ入れたばかりなのに、祐輔もうなる。出そうになる。

女は何度でもいけるだろうが、男はそういうわけにはいかない。まだ二発目は出したくない。

「ああ、また、いっちゃった……祐輔さんのおち×ぽを感じただけで、いっちゃったの……ああ、美波どうしたのかしら」

美波がキスを求めてくる。唇を押しつけ、舌をからめる。と同時に、下の口でち×ぽを強烈に締めてくる。

「う、ううっ」

今度は、祐輔がうめいていた。そもそも清流で一度出し、その後またいきそうになったところで寸止めされていたのだ。

まだ二発目は出したくないと耐えていたが、限界に来ていた。出すのなら、突きまくって、美波の中に出すのだっ。

祐輔は美波のくびれたウエストを掴み、いきなり激しく動きはじめた。

「ああっ、いい、いいっ……いい、いいっ」

ひと突きごとに、美波が歓喜の声をあげる。静まり返ったキャンプ場に、美波のよがり声だけが響き渡る。それは爽快《そうかい》とも言えた。たまらない開放感である。

「ああ、出そうだっ、ああ、出そうだっ」

「中にっ、ああ、このまま中にくださいっ」

「えっ、いいのっ」

「ああ、祐輔さんのザーメン、ああ、美波、おま×こに欲しいのっ」

「ああ、いくよっ、ああ、いくよっ」

ばんばんおま×こを突きつつ、祐輔は叫ぶ。

「来て、来てっ……ああ、いきそうっ、美波、またいっちゃいそうっ」

おうっ、と吠え、祐輔は白濁汁《はくだくじる》を放った。凄まじい勢いで、美波の子宮を叩いていく。

「いく、いくいくっ」

美波もいまわの声をあげて、がくがくと汗ばんだ裸体を痙攣させた。

ふたりは立ったまま、抱き合ったまま、お互いいっしょに果てた。

## 4

出しても、いっても、抱き合ったままでいた。抱き合ったまま、はあはあ、と荒い息を吐いていた。

お互い、なにもしゃべらない。ただただ裸でくっつきあっている。

「ああ、こんなになったの……はじめて……」

荒い息が鎮まると美波がそう言った。

「祐輔さんって、エッチ、すごいんですね……意外です……」

「意外は余計だろう」

と美波の頬をつんつんする。

「ごめんなさい……」

と美波が舌を出す。

これって、恋人同士がやるじゃれあいじゃないのかっ。

「あっ、動いた……」

頬つんつんで興奮して、ち×ぽが反応したのだ。

が、頬つんつんだけでは弱いのか、半勃ちのペニスがおんなの穴から抜けた。

「あっ……」

と声をあげ、美波がぴくっと裸体を動かした。

すぐさま、その場に膝をつき、ペニスに美貌を寄せていく。あっ、と思った時には、しゃぶりつかれていた。

瞬く間に、射精したばかりのペニスが美波の口に包まれ、そして吸われる。

「ああ、ああっ」

くすぐった気持ちよさに、祐輔は腰をくねらせる。

「うんっ、うっんっ、うんっ」

美波は悩ましい吐息を洩らしつつ、美貌を上下させる。そして、いったん口を離すと、垂れ袋に吸い付いてきた。

袋を頰ばり、ぱふぱふと刺激を送ってくる。

「あっ、それっ……」

しかも、中の玉を舌先でころがしはじめた。

「あ、ああ……ああ……」

今度は、祐輔のうめき声が静かなキャンプ場に流れていく。

美波はタマタマに優しい刺激を送りつつ、左手の指先で蟻の門渡りを撫で、そしてさらに奥へと指を伸ばした。

そろりと肛門の入り口をなぞってくる。

「ああっ」

祐輔のペニスにあらたな血が集まってくる。萎えかけていたペニスが、ぐぐっ、と反り返っていく。

美波は祐輔の反応に煽られたのか、指先を肛門の中に忍ばせてきた。

「ああっ、それっ」

ぞくぞくとした快感に、ペニスの角度が上がっていく。

「すごい。祐輔さん、お尻、好きなのかしら」

「い、いや、わからない……」

感じていることは確かだ。

「こちらにお尻を向けて」

と美波が言う。

「えっ……」

「舐めたいの。祐輔さんのお尻……」

はにかむような表情を見せつつ、美波がそう言う。

祐輔はうなずき、美波の前で裸体の向きを変える。すると、尻たぼをそろりと撫でられた。それだけで、ぞくぞくする。

尻たぼを広げられ、肛門にふうっと息を吹きかけられた。

あっ、と声を出すと、うふふ、と美波が笑う。

そして、ちゅっと肛門にキスしてきた。

「ああっ」

祐輔は素っ頓狂な声をあげる。

美波はちゅっちゅっと肛門の入り口をキスしつつ、右手を前に伸ばしてペニスを摑んできた。

ぐいぐいっとしごいてくる。

「ああ、ああっ、美波さんっ」

「お尻、好きなのね。どんどん硬くなってくるわ」

「ああ、好きですっ。お尻、好きですっ」

となぜか、また敬語になる。お互い責められると敬語になるようだ。

「もっと気持ちよくしてあげるわ、祐輔さん」

そう言うと、美波が唇を肛門に押しつけてきた。舌先をとがらせ、ドリルのように入れてくる。

「あ、ああっ、ああっ、それ、それっ、いいっ……お尻、いいっ」

と祐輔はなんとも情けない声をあげる。それが、夜のキャンプ場に響き渡る。

「うんっ、うっんっ」

美波はドリルのような舌先で、祐輔の後ろの急所を舐め続ける。と同時に、ペニスをぐいぐいしごいてきた。

祐輔のペニスははやくも、鋼《はがね》の力を取りもどしていく。

「ああ、すごい、こちこちだわ」

「ああ、美波さんがエッチすぎるから……」

「私、男の人のお尻、はじめて舐めたの」

「えっ、そうなんですかっ」

「そうよ。何度もいかせてくれたお礼……」

あのドリル舐めもはじめてなのか。本能的に、舌先をとがらせてしまうのだろうか。

「もっと欲しいかしら」

「欲しいですっ。もっと舐めてください」

まだ敬語を使っている。

「いいわ……」

また、美波が尻の狭間に美貌を埋める。尻の穴に息を感じただけで、祐輔は腰をくねらせる。ぬらりと舌が入ってくる。またも、ぐいぐいペニスをしごかれる。

「ああっ、ああっ、美波さんっ」

祐輔は我慢汁を出していた。ショートパンツに一発、美波の中に一発出しているのに、まだまだ出し足りない。

美波が先端を撫でてきた。

「あら、お汁出しているのね」

「はい、すいません」

「出してはだめよ。まだ、バックしていないんだから」

「出しませんっ。バックで入れるまで出しませんっ」

「そうね」

と言って、またも、ドリル舐めをしてくる。

「ああっ」

気持ち良すぎて、祐輔はその場に崩れていった。腰砕けというやつだ。

「祐輔さん、お尻の穴、急所なのね」

「はい……急所です、目覚めました」

「変な祐輔さん」

美波がちゅっとペニスの先端にくちづけてくる。

「ああ、美波じゃないみたいなの」

「そうなんですか」

「いつもは、こんな女じゃないのよ……エッチは奥手なの……。でも、今夜は違うの。祐輔さんだからってこともあるけど……やっぱり、自然の中にいるからかしら……焚き火もランタンもエッチだし」

そうだろう、と祐輔も思った。瑠璃も智美も、そして美波も自然に包まれて、牝として解放されているのだ。

「信じてね」

「信じますっ、美波さん」

「ありがとう」

今度は祐輔の口にちゅっとキスすると、美波は自ら、焚き火のそばで四つん這いの形をとっていく。

祐輔は真横から眺める。横から見るお椀型の乳房、細い腰、そして、ぷりっと張ったヒップライン。

どれを取っても素晴らしい。まさに女だ。女の曲線美に満ちあふれている。

「ああ、来て……入れて……祐輔さん」

美波が高々と差し上げたヒップをうねらせはじめる。祐輔はそれに誘われるように、背後にまわる。

背後から見た四つん這いの美波がまた、そそる。

なによりウエストのくびれが際立っている。そのため、逆ハート型のヒップラインがより強調されていた。

祐輔は尻たぼを摑んだ。ぐっと開くとお尻の穴が見える。きゅっとした窄まりは、見ているとむずむずしてくる。さっきのお礼をしようと思い、顔面を尻の狭間に入れていく。

「えっ、なにするのっ」

祐輔はぺろりと美波の尻の穴を舐める。

「あっ、だめっ、お尻、だめっ」

美波のヒップが逃げようと動くが、祐輔はがっちりと抑えて、ぺろぺろと尻の穴を舐めていく。

「はあっ、だめっ……あんっ、いや、だめ……あ、はあんっ……」

美波が甘い喘ぎを洩らしはじめる。

「ああ、お尻じゃなくて……ああ、おま×こに……ああ、おま×こに欲しいの、はやく、祐輔さんっ」

美波が祐輔のち×ぽを全身で欲しがる。

祐輔は尻の穴から口を引くと、尻たぼを開いたまま、今度はペニスの先端を尻の狭間に入れていく。

尻の穴は祐輔の唾液で絖っている。その穴も誘っていた。

祐輔はそこに矛先を向けようとしたが、蟻の門渡りへと向けていく。鎌首でなぞるだけで、あんっ、と美波が甘い声をあげる。

割れ目に到達した。バックからの方が入り口が見えやすい。童貞向きと言える。

祐輔は鎌首で割れ目をなぞる。

「あんっ、入れて、ひと思いに、入れてっ、祐輔さんっ」

美波が絶叫する。その叫びに押されるように、祐輔は腰を突き出していく。すると、すぐさま、ずぶりと鎌首がめりこんでいく。割れ目が開き、咥え込む淫ら絵をはっきり見ることが出来た。

「あうっ、うんっ……」

どんどんペニスが入っていく。その様子もはっきりとわかる。

祐輔が入れていっているのか、それとも美波のおま×こが吸い込んでいるのかわからない。

あっという間に、祐輔のペニスは美波の中に入った。

「あう……うん……いっぱい……美波のおま×こ、祐輔さんのおち×ぽで……ああ、いっぱいです」

先端から付け根まで、燃えるような粘膜で包み、締めてくる。

「ああ、美波さん……」

バックから入れているだけで、たまらない。

「あんっ、じっとしていないで、突いて、祐輔さん」

祐輔は尻たぼをぐっと摑み、抜き差しをはじめる。割れ目から胴体が出て、そしてまた入っていく淫ら絵が、はっきりとわかる。

今、美波の中に入れて出して、そして入れているんだと視覚的に理解出来る。

「あ、ああっ、あんっ、ああっ……硬いっ、ああ、硬いっ……大きいっ、ああ、祐輔さん、おち×ぽ、大きいのっ」

突くたびに、胴体が美波の愛液まみれになっていくのが興奮する。興奮すると、抜き差ししつつ、さらに太くなっていく。さっき、美波の中に出しているのが嘘のように、びんびんになっていく。

「ああ、ああっ、すごいっ、すごいっ……ああ、もっとっ、もっと美波を突いてっ、祐輔さんっ、たくさん突いてくださいっ」

バックで責められて、美波もかなり昂ぶっているようだ。

祐輔はずどんずどんっと激しく突いていく。

「ああっ、ああっ、すごい、すごいっ」

突くたびに、美波の背中が反っていく。ストレートの髪が背中を掃く。

祐輔はそれを摑みたくなった。バックで突きながら、髪の手綱《たづな》引きだ。

上体を倒しつつ、右手を伸ばし、背中を掃いている髪を摑む。そしてぐっと引いた。

「あうっ、ううっ……」

美波は痛いと怒るかと思ったが、違っていた。自分からさらに華奢な背中を反らしてくる。

「ああ、突いてっ、髪を引きながら、もっと激しく突いてっ」

はいっ、と祐輔は髪手綱を引きつつ、ずどんずどんっと突いていく。

「いい、いいっ……」

背中をぐんと反らし、美波が叫ぶ。髪を引くたびに、おま×こが強烈に締まり、突きの動きが鈍くなる。すると、もっとっ、と美波がねだる。

「ああ、ああっ、出そうだっ、もう、出そうですっ」

「出してっ、ああ、いっしょにっ、美波といっしょにいってっ、祐輔さん」

「はいっ、あ、ああ、ああっ、すごい、すごいおま×こだっ」

「ああ、ああっ、おち×ぽ、おち×ぽ、すごいわっ」

お互いに讃え合い、そして激しく、繫がった臀部と腰を振り合った。

「あっ、もうだめだっ。いくっ」

と祐輔は叫び、バックで中出しをした。

今日三発目なのがうそのように、ドクドク、ドクドクと勢いよくザーメンが噴き出す。

「ああっ、いく……いくいくっ」

美波も背中を反らしたまま、いまわの声を上げて、汗ばんだ裸体を痙攣させた。

## 5

祐輔は目を覚ました。

すると、美波の寝顔が視界に飛び込んできた。智美には悪いが、智美の時以上に幸せを感じる。

祐輔と美波は同じ寝袋で裸のまま抱き合って、眠りについていた。昨夜の情交で美波はいきまくり、祐輔は三発も出したので、寝袋に入ってお互いすぐに眠ってしまったが、今朝はもう、祐輔のペニスは硬く勃っていた。

少し腰を動かせば、美波の恥部に入っていきそうだ。また入れたくてたまらない。

そうだ、このまま入れるとしよう。

祐輔は美波の寝顔を見ながら、鎌首を割れ目に当てる。そして、ぐいっと突き出した。すると、幸運にも一発でめりこんだ。

「あう……」

美波が眉間に縦皺を刻ませた。

美波の花びらは、わずかに濡れていた。しかも、恐ろしいくらい窮屈だった。先っぽを入れているだけで、快感にち×ぽが痺《しび》れる。

このままじっとしておこう。あまり濡らしていないのに、無理矢理入れるのはよくないだろう。それに、このままでも充分気持ちいい。

「う、うん……」

寝ていても、おま×こになにか感じるのか、美波が色っぽいうめき声を洩らす。と同時に、鎌首を締めはじめたのだ。

「ああっ」

祐輔は思わず声をあげる。起きているのか、と美波を見るも、まだ眠っているようだ。寝ながら、鎌首を締めているのだ。

祐輔はじわじわと押し込んでいく。

太くなる。

美波がつらそうな表情を浮かべる。が、それがたまらない。美波の中でひとまわり
「あう、うう……」

「大きい……」

と美波がつぶやく。起きたのかと思うが、寝言のようだ。

祐輔は奥まで、じわじわとち×ぽを入れていく。

「うう……おち×ぽ、おち×ぽ……」

美波が寝言をつぶやく。おま×こはじっとりと潤ってきていた。

祐輔は腰を動かしはじめる。

「あうっ」

美波が目を覚ました。

「えっ、なに、えっ、おち×ぽっ……えっ、うそっ」

目を丸くさせている美波を見ながら、祐輔は腰の動きをはやめていく。

「あ、あああっ、えっ……えっ、入っているのっ……えっ、おち×ぽ、中に入ってい
るのっ」

美波はまだ寝惚けているようだ。今の状況を把握《はあく》していないように見える。

祐輔はさらに突いていく。寝袋の中ではそんなに動けないが、それでも充分刺激を覚える。

「あ、ああっ……こんなの、ああ、美波、はじめてっ」

「僕もはじめてだよ」

と祐輔は嘘をつく。嘘も方便だ。

「このまま、いっちゃうのっ……ああ、起きてすぐに、美波をいかせちゃうのっ」

「いっていいよ」

「だめっ、いっしょにっ、朝から美波だけなんて、いやっ。祐輔さんといっしょじゃなきゃ、美波いかないいっ」

そう言って強くしがみついてくる。すでに寝袋の中は、美波の体臭でむせんばかりだったが、それがさらに濃くなっていく。熱も帯びてくる。外は肌寒いだろうが、寝袋の中はぽかぽかだ。

「あ、ああ、いきそう……ああ、美波、もう、いっちゃいそうなの……祐輔さんは？ああ、祐輔さんはどうなのっ」

「おま×こ、もっと締めて、美波さん」

「ああ、こうかしら」

すると、これまで以上に、美波のおま×こが締まった。先端から付け根までぎゅっと握ってひねられる感じだ。

「ああっ、それ、すごいっ」

「はあっ、そんなに締めてるの？」

「締めてるっ、ああ、締めすぎてるっ」

「動いて、祐輔さん」

そうだね、と祐輔はあらためて突いていく。

「あうっ、ああっ、やっぱりいきそう……ああ、もういきそう……」

そう言いながら、美波はぐいぐい締めてくる。

「僕も、僕も出そうだっ」

「いっしょにっ、朝からいっしょにっ」

「ああ、出るっ」

寝起きの一発目を、美波の中に放った。

「あっ、いく……」

短く告げ、美波ががくがくと裸体を震わせた。寝袋で密着しているため、美波のいった震えを全身で感じることが出来た。

しばらく抱き合ったままでいた。ペニスが萎えて抜け出ると、

「んふっ、洗わなきゃっ」

と言って、美波が胎内のザーメンを零さないよう、するりと寝袋から出た。そして、リュックからソープを取り出すと、生まれたままで駆けだした。

「えっ、美波さんっ」

「はやく、祐輔さんっ」

美波の裸体が朝日を受けて、輝いている。自然の中で見る裸体はまさにヴィーナスだった。

祐輔も寝袋から出た。ブリーフを穿きたかったが、女の美波が全裸なのだ。ペニスを揺らし、美波を追う。日が昇ったからか寒くはなかった。むしろ、日差しが暖かい。

美波が駆け出す、剥きだしのヒップがぷりっぷりっとうねる。

川へと入ると、美波が生足を清流に入れていく。

「ああ、気持ちいいわよ、祐輔さん」

そのまま小さな滝へと向かっていく。頭から滝を浴びる。

「ああ、美波さんっ」

美波の裸体がずぶ濡れになる。髪も水を吸って、べったりと美波の美貌に貼り付い

ていく。

鎖骨も、乳房も、お腹も、恥毛も、太腿も、そしてふくらはぎも清流を浴びて輝きはじめる。

美波は滝から出ると、濡れた裸体に石けんの泡を塗《まぶ》しはじめる。

祐輔も清流に足を浸した。確かに気持ち良い。寝起きの一発で身体が火照《ほて》っているのだ。

「滝を浴びて、祐輔さん。美波が洗ってあげるから」

すでに美波の乳房やお腹が泡まみれになっている。

祐輔も滝の下に入った。頭からずぶ濡れになるが、それがなんとも気持ちいい。なにより素っ裸が爽快なのだ。自然の中での素っ裸は最高だ。

「ああ、気持ちいいよっ」

そうでしょう、と言って、美波が手招く。滝から出ると、美波が石けんの泡を祐輔の身体に塗してくる。胸板に、お腹に、そしてはやくも頭をもたげはじめているペニスに塗す。

「ここはよく洗っておかないとね」

と言って、泡まみれの手でぐいぐいしごいてくる。

「ああっ」

祐輔は滝の前で裸体をくねらせる。

「さあ、洗い流しましょうっ」

と言って、美波が祐輔に抱きつき、そのまま滝の下へと押しやる。

また、頭から滝を被る。今度は美波と抱き合ったままだ。

美波がキスしてきた。滝を浴びつつ、ねっとりと舌をからめる。すると、ペニスがどんどん反り返っていく。

美波がペニスの先端を割れ目に押しつけてきた。

ああ美波さん、もうずっと離れない。これからは二人キャンプで、やりまくるんだっ。

祐輔は腰を突き出した。

「ううっ」

ペニスがまた、燃えるような粘膜に包まれていった。


（了）

※本作品はフィクションです。作品内に登場する
団体、人物、地域等は実在のものとは関係ありません。


# ときめきの一人《ひとり》キャンプ

〈書き下ろし長編官能小説〉

2021年5月17日初版第一刷発行

著者……………………………………………八神淳一

デザイン………………………………………小林厚二

発行人…………………………………………後藤明信

発行所………………………………株式会社竹書房

〒102-0075 東京都千代田区三番町8-1

三番町東急ビル6F

email：info@takeshobo.co.jp

竹書房ホームページ http://www.takeshobo.co.jp

印刷所……………………………中央精版印刷株式会社

■定価はカバーに表示してあります。

■落丁・乱丁があった場合は、furyo@takeshobo.co.jp までメールにてお問い合わせください。